久违了

流经裂谷的夕光

夕光

吴丹 著

作家出版社

引言

　　关于后面将会呈现的所有诗行，在此我不作任何注解或说明。但对于诗歌，我认为我一定是热爱的，不仅仅因为它独特的形式与体裁，或偶有抑扬的韵调格律，如果必须要讲出最为重要的一种关联，那一定是当我面对这些平淡的文字时，所能看到的每一次内心世界构建之初，蓬勃的矛盾将或产生的问题与并行的答案。

　　当我们在阅读一首诗歌作品之时，我们更多的其实是在阅读自己，那些饱满的句子将在你心中支起一种疑惑的结构，在这样的结构里，你一定是激荡的，于激荡中你也在寻找着某种解除困惑的方法，这应该算是一次与自己深度的交流，但大多数人常以丰沛的词汇拔高生命所谓的真谛，可我们终究不能只是作为生活的容器存在着，而生活假如总是以一种令人羡慕的平静示人，那活着的每一个时刻便都不足以去为生命所论述。

　　生命并非垂死的记忆，我们应时常抱以庄重的态度与之淡。

目 录

天 际

你是我时光中冷冷的秋色　　　003

隐　瞒　　　005

星　座　　　007

你的照片　　　009

倾　诉　　　011

这一次，像往常一样　　　013

你曾去过的地方　　　015

永恒之前　　　017

寂寞又在藏匿　　　018

你告诉我，你喜欢温暖的人　　　020

我应当始终为你陪伴　　　022

下一次，请让我为你读诗　　024

心　窗　　027

情　书　　029

关于心事　　032

十一月，礼拜一　　033

从记忆开始的地方　　035

最长情的缘由　　037

壁　垒　　039

谁会在心里种一棵树　　040

芦苇，磐石　　042

想你时，我便停下了一切　　044

是夜，落雪未央　　046

我望见了你　　048

为什么，我们要于夜间分离　　050

不要爱任何人，除此以外　　052

时间为我们造了一座城　　054

爱在秋日晨间绵绵的雨声中　　057

予爱，于天际　　058

读书，抑或读你　　063

为结束定下时限　　　　　　064

施暴者，请离开这里　　　　066

以你命名　　　　　　　　　068

我们是彼此之外的孤独者　　069

院子下　　　　　　　　　　072

讲　述　　　　　　　　　　074

你是我横越的丘陵　　　　　077

为你的夜空，再寄一片星辰　079

消失，那可信的　　　　　　082

天际，又见　　　　　　　　084

淡漠，让生活失眠　　　　　088

落　款　　　　　　　　　　089

让热爱的人始终爱着　　　　090

当我得知此后再无你的讯息　092

我们终将历尽山海　　　　　094

唯有念及之人栖息于夏夜之外　096

绿　野　　　　　　　　　　097

明日的祝酒词　　　　　　　098

于遥远的地方栖居　　　　　100

无　关　　　　　　　　　　　　　101

爱，就去吧　　　　　　　　　　　102

雨夜西行　　　　　　　　　　　　103

被爱囚困的岛屿　　　　　　　　　104

烛火前的女孩　　　　　　　　　　105

泡桐街的傍晚　　　　　　　　　　106

摇动的叶子也有孤独的住所　　　　107

那一对叫作海的恋人　　　　　　　108

那火焰将于天际烧熄　　　　　　　109

我在想，我舒缓的蓝丝绒　　　　　112

我会亲自送你到，你想去的地方　　113

荒　园

午夜城市，沉睡的野兽　　　　　　117

秋天，是一场不语的怀旧　　　　　119

姿　态　　　　　　　　　　　　　120

传　递　　　　　　　　　　　　　122

我有两个我　　　　　　　　　　　124

六月为我送上迟来的你　　　　　　126

奴　役　　　　　　　　127

说与谁听　　　　　　129

外国人　　　　　　　131

换个方式谈历史　　　132

屠　夫　　　　　　　134

时光的错影　　　　　136

谷雨之后　　　　　　138

肤　色　　　　　　　139

话语权　　　　　　　141

住房，九十年代　　　142

沟　通　　　　　　　143

从权利中出走　　　　144

回　避　　　　　　　146

丑陋，皆被厌弃　　　147

周而复始　　　　　　148

生活不被见证　　　　149

哑巴与手势　　　　　151

有些人始终会离开　　153

狂怒的揭露　　　　　154

你的胸膛早已空旷　　156

别让时间定义生命　　158

著书人都已离去　　159

伪　证　　161

太阳沉落后我们便沉默　　163

筑巢又远飞　　164

生活与粉笔画　　166

我所有期望　　168

生活初始的形状　　169

街角的长椅　　171

群居者的疲惫　　173

骗　局　　174

与你说　　176

阴郁的形体　　178

迁徙，路过最后的定居　　179

诗　与　　181

所有人将经历变节　　182

逃　生　　184

书　店　　185

独　居　　　　　　　　　　　　186

时光被放在了冰上　　　　　　187

群落，孤居，窥私　　　　　　189

毛皮变为华贵的衣饰　　　　　194

房子与罐头　　　　　　　　　198

生活，缘何而改变　　　　　　200

度　过　　　　　　　　　　　202

水杯与雷电　　　　　　　　　203

时　代　　　　　　　　　　　205

战争，病者的狩猎　　　　　　207

休　眠　　　　　　　　　　　209

热门人物　　　　　　　　　　211

思索者，观察的态度　　　　　212

思索者　　　　　　　　　　　215

知情人　　　　　　　　　　　217

气　味　　　　　　　　　　　219

故事背后　　　　　　　　　　221

再也无需惦记时间　　　　　　222

明　日　　　　　　　　　　　224

阅读诗篇时，我们在注视着什么　226

蒙太奇

蒙太奇　231

写给你的一封信　233

生命需要诗歌　235

今夜，我将再次为你赋予　237

疲倦使我安静　239

我看到过　240

远处的灯火，近处的山　242

那时，我们还可以睡在路边　244

季节，从你身上抚过　245

一段丢失的旅程　246

语言的铠甲　248

你的目光点燃了一切　250

我的居所在云上　251

台　阶　253

游　弋　255

从你的身体出走　257

于谎言中醉倒　　　　　　259

我好想住回老房子　　　　260

念　旧　　　　　　　　　262

来自拉萨的明信片　　　　263

孤独的群居动物　　　　　265

交　谈　　　　　　　　　267

你所需要了解的　　　　　269

时间宽恕了一切原罪　　　272

成年的焦虑，由北方跌落　273

烛　火　　　　　　　　　275

人，与人　　　　　　　　276

我在神的脚步旁醒来　　　277

偶然或是意外　　　　　　279

我有一栋废弃的住房　　　280

灯　塔　　　　　　　　　282

城市壁画　　　　　　　　283

善待生命的参与　　　　　285

预　言　　　　　　　　　287

引　证　　　　　　　　　289

真　相　291

河西，古老的曲子　293

深夜，被我写进一封信中　296

十孔口琴的尾音　298

午夜，我又回到我的雪野　301

在水田中，我怀念着　303

暴行！给我们最凶残的手段　305

瓦解的壁垒　307

我成为自己空旷的琴声　308

精神意志于毁灭后重塑　310

群星与殿堂　312

日　记　314

山　野　317

在记忆中，你被选择　318

悦耳的声响灭寂于夜晚　320

飞行与战争　323

礼　物　325

秋　令　327

他们的掌中布满星辰——致医者　328

久违了，流经裂谷的夕光　　　329

给明日　　　330

生活被标注的时刻　　　331

沿着梧桐树荫，走过夜间　　　334

即使我这一生将毫无意义　　　336

狂夜总被颠倒　　　338

当我轻叩你的身体　　　339

海　马　　　340

悼　词　　　341

容身之所　　　343

冷焰将熄　　　344

有些诗行依然醒着　　　346

天际

　　我们这一生，能够遇到在心里留下闪光的人实在太少了，很多人心中也许最终仍是一片暗寂，而那些幸福的人，应该为自己庆幸，因那此刻已被点亮的心窗。

　　　　　　　　——致那些一闪而过的永恒

你是我时光中冷冷的秋色

你是我时光中冷冷的秋色
青涩的记忆不曾留住
阳光的睡梦不曾留在你的肩头

旋闪的身影无声飞掠
停顿在水波的眼中
我听见铠甲掉落的声音
一片一片自然褪去
我停靠在你门前的石阶
在你伤痕的边缘徘徊
在你柔软的心脏之外
沉默的脚步急促翻滚
焦躁的等待愈加沉默

你丢给我一本书
细弱的文字
无奈的故事

阳光下你行色匆忙
若是能再多一些时间
月光会带给你诗意的邀约
给你多情的疲惫
置下爱怜的温床

隐　瞒

当我只是沉浸某一种时光
片刻安静的依恋，依恋在迂回

不必计较时间，昼或者夜
沦溺中有着相同的分量

也不必再度衡四季，寒域或者温床
思念在每一个节气疯长

更无需动用尺量，远的，近的
滋养在你每一寸心上

是的，我不能开口
我应该选择彻底遗忘
更不该怯懦地隐现，孤零零离开

是的，我不该爱你

不该从陌生的水域驻进你的海港
进入你孤单的码头
甚至丢弃我的船楫
坚实的铁锚也被砸碎
我情愿自此消逝

是的，我注定是爱你的
尽管线索看起来如此荒唐
没有任何准备
一个语调，一个音节
只依循你清晰的轮廓
将行行诗句堆砌
直至溢满我心底所有彷徨

星　座

你说时间太傻了
竟然不做任何安排
就悄悄地越过了你我
甚至一个裂隙都没留下
你并没有责怪我
只是转过头
走走，停停，笑笑，说说

你说夜色太傻了
朦朦胧胧尽是温情
却不曾在某一弯月下
为一场邂逅掌一盏灯火
你也没有埋怨我
自顾望向窗外
直至弦月匿进星河

你说我们太傻了

看过了岁月婆娑

却只能轻声问候

感叹韶华偏又独负春歌

情缘初初

无奈缄默

恨念无处由起

凄凄落落各自生活

你的照片

如果看到你
或是望着你的照片
我绝无法思触彩色的花蕾
思及羸弱的含羞草

只那简单一个念头
一闪而过的停驻
会不会又是斑斓的纸鸢
忽远忽近地摇曳

时光于片刻间浑浊
唯有你透亮的投视
如闪光
如天火
如一根玫瑰狭长的尖刺
扎进了温柔的心窝

沉郁的瞬间
我又听见了那些声音
那些你楚楚自说的字眼

倾　诉

我喜欢素面的你

青春年岁罩你的衣帐

一滴水化去了明艳装束

一缕风袭来

吹散你的发髻

时光闪入傍晚

我尝试走近你的住所

门廊昏黄，壁灯孤单

你并没有在廊下悬一串铃铛

只是怕听到我

听到古旧的长句

一字一字轻慢地说着

时钟赶走了寂寞

赶走了忧郁漫长的月色

你希望我也就这么走了
低矮的灌木，好奇的飞蛾
它们记忆短暂
谁也不能证明我曾经来过

这一次，像往常一样

这一次，像往常一样
平静地对你说每一句话
像每天简单的遇见
微笑，点头
道出早安和问候

这一次，像往常一样
同样午间的回廊
你与我轻轻擦肩
同一根廊柱
碰过你拎提的竹篮
只是今天的花色
又比往日添了鲜艳

这一次，像往常一样
翻过你停折的书卷
读你喜欢的文字

重复着
你心梦中又一次回旋
那打动你的诗句
同样也在我的眼中
留下洇染

这一次，像往常一样
将恋慕的记号
浅浅置于云底
散落水洼形成的边沿
你掌一把折伞
走入腾漫的雾气
晃过倒影
踩出我心中
一道道闪光的波澜

你曾去过的地方

你喜欢花卉，你告诉我
唯独没有说出偏爱的

你喜欢阅读，你告诉我
你念给我听每一首献词
关于书扉，却从不提及

你喜欢旅行，你告诉我
你拍过许多精致的照片
途经的每一处
都曾留下欢欣的漫步

许多故事，你告诉我
从你早起的清晨
幸运地看到日出
从你大雪天出行
整整走了一个上午

……
只是
你从来没有说起过
那些时光，关于我的
是否在你经过之时
也曾留下短暂的依停

永恒之前

谁都没有见到过
当涟漪只是在心头荡漾
从我决定陷入你的眼中
风，便开始有了形状

那沉默的说辞是圆的
每一次温柔地敲击
都落入同一个地方

于是，在你的眼中
我醉倒了
醒来时
月光正好拂过你的窗棂

寂寞又在藏匿

那些未能驯服的疯狂
像烈酒像冷风
像我第一次见到你
低着头拨弄着一把尤克里里
弦音生涩难懂

我那不安的眼睛
开始变得安静
感受你嗓音中徐徐展开的故事
躁烈的心绪也被平息
时间在轨道之外更加清楚
像一道醒目的分色纸
深与浅即刻呈现
你的背影也如此简单
轮廓也是诱人的明艳

那些疯狂被驯服

像回声像棉絮
像冲动的朱唇
吻在光滑的背上
我看到一幅画
隐藏的孤独
正从你的指尖流出

你告诉我，你喜欢温暖的人

只听到一声尖锐的讯号
幸运便在我心中留下标记
快乐的感觉迅速蔓延
以柔软的方式转述给你
你告诉我，你喜欢温暖的人
温暖的感觉
温暖如一条河
滋养你生命中所有爱的延伸
流经之后积沉下来的颗粒
都将变作胚芽
并在白天黑夜疯长
长成每一句感动的说辞
无论如何隐藏
甜的句子始终会飘去眼角
我也挡不住逆流的反馈
任凭积蓄的热情
以仰慕的姿态温暖你

在你掌中摩挲
溢出你的耳畔
偶尔，也会有静默
心中的怀念却从未间断

我应当始终为你陪伴

我应当是浅溪中的一尾游鱼
自峪口的静波中
摆一道水涟
那弧心向你
那波中的温情向你依洄

我应当是密林深处的凝华
自你漫步的幽径
那尘草协和的边缘
起一阵暖或畅爽的风
那惊鸟为你展开彩翅
那鲜艳的着色为你涂满林间

我应当是太阳炽热的延续
自你归来的途中
于你的足心蔓延
至夜色笼下的时刻

由你飘逸的发间
映出漫天星火
那月弯也已为你驻停屋前

我应当是柔情的句子
为你欢唱
为你诵念
……
我想了很久很久
为你
我只消依依陪伴

下一次，请让我为你读诗

下一次

请让我为你读诗

读我自己的诗

读我笔下生出的天色、尘海、星石

日光转迭、砾沙弥扬

读我感性的词语

蒙住闪电，涌入心头

动念如同丝线

织结成网，银光闪烁

而我温煦的声音

因你生出的句子

亦将漾洄

请让我再次为你描述

隽字初语之时的构成

沉迷的双眼探击方向

抽散你心内的丝绒

每一种颜色皆浸满时光

赤金，理想帆幔的摇铃

脆响单音

青绿，你自由的心梦

心梦被传唱

凄蓝，纯贞的情爱已然隐秘

已然衰落

……

你，并没有呈现于我

铜镜中那些模糊的影像

夹杂着混沌的生活

背后的陌然竟将你灼伤

只从我空旷的结构中

跌入深渊

坠进我贪婪的眼睛

我想要囚禁你

困你在我的心魄

困你在沦陷的窥视

困你在不同的我

愤怒、失控、温郁、安谧

那分裂的情绪

都只将囚同一个你

入我痴念难消的夜梦

我想为你描述一团火焰

由空旷的远端，至视线的尽头

由寂暗更深处冲出

朝向你，那火心是冷的

在最冷冰的回荡中

依寻着你而来

为你眼中的旋律而癫狂

直至永恒消寂

心　窗

你拿走了一把折伞
从我先于你进入的阴天
只是还没来得及
正式地道一声再见
秋月的午后便已细雨涟涟

我尝试着由一条最迂回的路线
绕过焦虑和期盼
绕过阻碍的绿篱
横在空旷的路肩
与我自己演说着久违的第一眼

等待让时间异常错乱
如同这季节匆匆的前奏
覆在你轻盈的脚面
而你
决定了来去的方向

情绪也丢掉了话语权

往后
还会有数不清的碰面
依旧你一语，我一语，面对面
纤瘦的手指
亦会将我心再次拨乱
若下一个季节
仍是阴雨绵绵
我还是会撑一把伞
先于你步入阴天

情　书

嗨，我最亲爱的你
我最心心念念的爱情
请允许我，如此将你呼唤
请原谅我，怯懦的坦白
以旧书信
最柔软的方式

你是否也曾有过
那跌入深渊的感受
无力的失重感
心脏在坠落中悬停
眼前的光明迅速被恐惧吞噬
而最可怕的
绝不是将要毁灭

是什么？
让这所有情绪的波动扭作一团

封闭了平行的通道
——是的
一定是念及你
与那念及的触碰

是什么？
摧毁了声音、时空、光与渴望
那缜密的秩序
——是的
一定是想你时
我心下无助的寂寥

我以为心与心的赞美
只应属于秋日里
渐转金黄的叶穗
那色彩悦人
那安谧沉醉

而你闪入我的眼中
心域之外皆被包围
连同我睡梦的呼吸
连同已凋萎的花蕾
所有心思沉落的地方
都有你的笑声，你的气味

我多么希望
每一个清晰的睡梦里
都能有你明澈的面庞
如此刻我面前
你放肆地掩面开怀

我是满足的
尽管至此也还未触到你
纤的指尖、粉的唇线
甚至衣角
那柔软的丝绒
我，依旧是满足的
我至少还能环绕着
于你面前片刻驻目

嗨，我最亲爱的你
我最心心念念的爱情
请允许我，如此将你呼唤
请原谅我，迟来的坦白
以旧书信
最温婉的方式

关于心事

我希望，我可以寻找出
一种更为美妙的联系
从我平坦的心事中
发现你揉捻过的痕迹
也许你的声音
就藏在
不起眼的某一处落笔

十一月，礼拜一

我愿做一个专情的写诗人
在每一个普通的礼拜一清晨
做一件简单的事情，为你

挑一只精致的篮子
再放入湿密的花泥
每一滴水分都由我亲手赋予

太阳花，针形瓣
你的眼睛镶在中间
奶白的睫毛绽于边缘
粉色玫瑰醉倒在手心里

炽烈的心思变得平缓
春菊羞语还未照面
躲在我的心头
竟羞红了脸

粉皙的着色假若过于馥郁
爱的触觉便会显得甜腻
好吧，再加一些安静的椭圆
寻入初情后
尤加利在晴天
就已为你撑开了伞

欢欣已从此刻开始
由我涂色的
每一支精心挑选

做一件简单的事情
在往后每一个普通的礼拜一
那每一个清晨
皆是为你

从记忆开始的地方

从记忆开始的地方
翻出你说给我的第一个问候
轻音描述着
拭碎了飘零的等待

在接近你之前
我已为这趟旅程
安排了恒长的方法
我试着让自己毁灭
变作你睡梦外袭扰的幽灵

我亲眼见证了沉寂
悄无声息地结束而后开始
我虽看不真实
那安谧的睡容

却始终伴着妒忌

呼吸着我羡慕的感觉

那最靠近你嘴唇的

柔情的鼻息

最长情的缘由

这会是另一个最后
最后一次将我心附属
将我的心贴近你的踝部
追随你余生里
所有未走完的路途

最后一次
让我遇到一个你
从此后
我的声音也会有永恒的温度
暖暖的句子
只在你的世界周游

假若你已去往睡梦
心便萦卧在你床头
你醒了
爱，便是唯一问候

假若疲倦的心执意要走
路程不会太短
雨水时有停休
我还是会陪你再走一遍
有你，便是最长情的缘由

壁　垒

我答应
做一道壁垒
坚实的，承援依靠
为那不再安然的心思
拦一道网，筑一面墙

我许诺
做一道壁垒
柔软的，慢慢展开
为那将要寂灭的孤心
执念温柔，生出环围

我情愿
做一道壁垒
苦痛的，裂取血肉
为那枯弱的魂魄填满
日夜涌溢，再无离殇

谁会在心里种一棵树

谁会在心里种一棵树
涩楚的沙尘已然合围
扫不尽干结的皱裂
惊梦向我，狂风向我
一场暴虐向我袭来
我是如此渴求
被那崭新的雨滴淋湿
被那无辜的情绪浸入爱中

你的心房太小了
我高擎的冠顶已撑满整个圆寰
巍耸的枝干已穿透心壁
就连那叶尖温郁的触须
也沿着血管的脉络揉进皮肤里

你的心房太小了
敞开的心门也容不下我的整个

宽厚的臂膀，燃情的漫溢
开合的维度只够我侧身进入
甬道狭长，曲径幽闭
不过，我依然硬生生挤了进去
投入这封印的波澜
我的血肉已将这里填满
我为自己筑起监牢
至此，再也不能逃离

谁会在心里种一棵树
浓烈的爱意已然合围
他或他们
任谁，也无法驱离

芦苇，磐石

我于河岸旁冷冰的湿泥中埋下
种子深结
根系已在粟壳外透出了芽

生涩的季候，水行以外
一切惨硬得发白
缘何，我在此处落了根须
一方磐石
我为她沉重地陷入
决意植下

心，并没有被时间撑大
我幽瘦的身体却不能投一片影
为她，于烈日之中
可是
我讲了很多故事
从日出后一句问询

至黄昏后，迟滞的风声
我讲了很多故事
讲那些偷欢的鱼群
在微波中摩挲她的身体
讲述风在夜里
带走了我寂寞的穗芒
而这一切，或许从未闪入
她的眼中

想你时，我便停下了一切

我让自己停了下来
让心绪也停下来
我粗暴地将思念撕碎
撕成再也无法辨别的形状
扬进了眼中溺水的波浪

人群困在了失语的步道
规则有着相似的形态
我站在世界的另一个方向
怜悯河谷
怜悯群山
怜悯屠戮、追杀、流放
怜悯我所爱的人

一棵树被击毁
我便再种一棵拥抱
一个梦塌缩

我便编织细语与暖光

一句情话被说了谎

我便著一本书

写满你的名字

一块心缘破碎了

我便用我鲜活的跳动

去替换

那每一道痛绝的疤痕

想你时，我便停下了一切

是夜，落雪未央

你以缠绕的方式落下了整片天空的雪
为空旷的城市填满街道

从北方刮来的飓风
占领了这座温燥的领地
丝毫不曾干扰，你漫落的轨迹

在每一个宽阔的路口
立上一座塔
一株株擎举的塔尖
由整齐的节奏连接起来

迷入执念的城市，那道路
已开始遗忘
辉煌时代的历程业已废黜
你庞大的雪迹，那聚拢
扼住了城阙鲜活的血脉

在消亡的遗迹之上
你布满了整片荒野

天是白色的
地是白色的
你是白色的

你是雪野中央微渺的图腾
所有致盲的眼睛都无法抵达你
而我由着贫弱的气味引入
将你脖颈上囤围的红色
据为胸前不灭的信仰

我望见了你

我读到过最美的句子
那字词的叠合
可以在心中生出
无枝无叶的泅渡之花
但却仍无法媲美
你在我眼中划出的波纹

我沉醉于南国精致的海洋之风
郁蓝的浅海内
柔嫩的珊瑚结成丝绒
热带鱼群那斑斓的翼尾
足以抚慰海潮的痛息
这域外幻海的一切璨美
却不能抵过
你羞涩的侧眸一瞥

我迷恋过雪后崭新的覆盖

屋檐，树角，灌丛的身下
全部挂满了冰花
就连车辙的嵌痕
也被唤醒熨平
可是
纵使我眼前
激荡着白洁的生命
也裹不住你初现的轮廓
印入我黑色的痴梦

我不愿再赞美生活
我不想再提及
关于爱与被爱的故事
我和余生签署约定
以躲避绝望的力量
写下完整的名字

时间不会再堆积成残骸
而你亲手推开的门扉
除你之外
任谁也无法再次锁上

我仅仅只是望见了
你孤独的背影

为什么，我们要于夜间分离

在你裸露的背部
摊开一部泼墨的长卷
激荡的色调绕过你的乳房
扁圆的探寻带来十月的星座
腰身丰腴，封锁我的眼与手掌

每个黄昏
你都会带来快乐的暮色降下
幸运的甜味会持续至夜深
也会随寒虚的风突然消散
你所携来的声音都太美了
以至于，你刚刚转身
一切便又破灭

可是，离开你我是绝望的
时间和生活竟如此可怕
会随时让我消失

或者让你从我眼前消失
就连你也变得可怕起来
我怕你与我抢夺
不论抢夺你或是我自己

我也曾憧憬过天堂
可我觉得那里也一定是暗寂无声的
是燥裂无情的
只因那里不曾有你
此刻，你们都已睡去
我的朋友
我的邻居
我的生活中
有关的无关的人们
而我连哭泣都不忍发出声音
只能不安地回忆着

不要爱任何人，除此以外

爱一切山
而不要爱一个人
山中藏有绝响
时间与情绪缓缓叠合

爱一所房子
而不要爱一个人
缺失了熟悉的气味
锁上门窗
安宁也无法关停你的心脏

爱一弯月亮
而不要爱一个人
我是任你无论如何努力
也照不到的地方
我隐入树下的阴凉

爱冰冷坚韧的河水
而不要爱一个人
沿着锋刃，你在我身上割划
我并不在意疼痛
映着你柔软的样子
依然有温暖的情绪
在心的最深处荡漾

爱，就去爱有关于你的整个世界
除此以外
无须再爱任何人

时间为我们造了一座城

时间，视力最好的默语者
他比任何一双眼睛
都要看得更远、更长、更真切

种子先于夏初长出了须根
长出了叶芽，寒春之前他已看到

骨骸没入风雪的夜晚
清晨徒剩一野凄白
而鲜活的心脏跳动之时
他已看到

情爱虐伤，思慕若狂
爱不可分，不可得，不可仅为守望
内心注满之时他便已知晓

他看得到约定许好

如要破碎，他与她亦会破碎

他看得到承诺埋下
如要腐坏，他与她亦会腐坏

他看得到枕上有睡梦
有人醒着，有人醉了
有人呼吸孤苦
有人拥抱馨甜

他看得到你，也看得到我
而我们却渡不了彼此间
泅溺的无尽之海
那海的边沿无帆、无船、无岸
那海上的声音是灰色的

他听得到
你的心脏有一半在我这里
剩下的一半还在你胸口
微弱地跳动

他听得到
我的心脏全无踪迹
胸中仅存的

只有你轻轻呼给我的
温湿的气息

时间会继续猎取
收获，均是甘愿和赠予
指针若能回转
调至过去
那将是一段怎样的祈使句

爱在秋日晨间绵绵的雨声中

我在谱写一首乐曲告诉我的故事

那些回旋的声音提醒我

衰老，是伴随我们永恒的过程

然而，爱着的人们在每一个清晨里

他们始终爱着

如同此刻阴雨的时节中

雨水也同样爱着

像一个差劲的词汇，用错了表达的情绪

这讨人厌的天气悄悄地遮过了九月桂花的气味

连同雾气中将黄未黄的银杏叶子

我这个愚钝的用词匠

掺和着彼时大地上意外的温暖

告诉石堆中努力的草荫

爱情一定是偶然的

像是我们，你与我

这一世偶然的遇见

予爱，于天际

（你，浮于爱中；爱，浮于天际）

天际，浮动于一条河流中
无法沉入
如若，让你感觉到幸运
寒冷季节
那湮没，也只是苍白无色
还好，两柄烛台
一袭透衣
以温情的姿态卷入包裹
精致的花束在心与心之间轻荡微波
呢喃急切
动情羞涩

候鸟回避着节令与困惑
从我的城市飞走了
从中心，从沿途

漫长的季节选择割舍

不再驻留

我停了下来

空洞的舟楫盛满爱

进途中缺失摇橹的星象

船坞的线索为你打开

噢，我遇见了席卷的念语

有声的部分

汇集为轮廓

噢，我遇见了你

我的船身

为你倾斜，我迎接你

聚拢的眼瞳环绕为星云

天空下阴翳的尽头

匍匐在我们身前

道路中曲绕的段落

为时光延伸静谧

时钟，敲碎了太阳的馨芳

身后集满花卉

每一枝，小朵的爱情

注望你抚过的味道

天际，诞生一首旧诗的送别
平滑的门扉
静立在一道幽狭的缝隙间
你与我携手推开
久盼的闸锁封闭我们
两颗火石
彼此间轻轻摩挲

你以你的名字
敲击
你名字的索引
奏响暗色波纹
感怀与烛火
顷刻漫涌
酒杯触及温度
随即渗入浓郁的邀约

在一盏微火的庭院前
火心取来深藏的盈泉
我掬一捧
为你打湿
再掬一捧
洗你孤弱的腰身
凄凄的风

撩你寂寂的心事
它所听到每一个词汇
全部，写进暮晚的落叶

当我们再次返入温逸
脉搏的频次
便扰乱规律
我以唇齿叩击
启你舌下若蜜的章序
我以指尖抚触
测定浑圆与沟腹
我以肌肤的纹理
贴近你
每一寸贴合
都如此清晰
如同崭新的轮齿
揳入新泥
褶印中
渗出晶透的水滴

我以俯仰的身姿
为你擎举一把伞
柄的顶端接连在你腹中
醉情的气息

也是声音独特的一种

你的牙齿

在我肩头做梦

你的气力

由闪电的指尖

在我背部

留下一道道玫瑰色

在深夜尽头，我的画笔

完成了最后一色涂抹

结束在你丰盈的臀部

皙白的星河被打碎

一片一片

沉淀在你的肤色中

天际，浮动于我们的睡梦

无法沉入

我于你的梦中

醒来

而你，为此生

抉择了

永恒的方式

读书，抑或读你

你只是一本书中的某个章节
篇幅稍短一些

或许，又只是
一个章节中的某个段落
语辞精致一些

罢了，罢了
作一偈语
只把词头搋入词尾
再研出规律
生一支单色
而永不凋败的你

为结束定下时限

选择一个彼此知晓的日子
用红色的结绳系成死结
大多数人以此结束
这个时刻终要降临

那一天
我一定是提前到过
也许，你也曾悄悄抵达
而后又折回
你承认，你并不惧怕
我到达时天空已布满了云
昏暗的光线中
僵持与对峙相互拥挤

你见证过太多沉默
所有不语的眼睛
都成为你心中的问卷

那种亲密的画面
时常停留在成年人的餐桌上
缺席者将不再出现
而注定铭记的人
余生都在选择遗忘

施暴者，请离开这里

我想知道她的名字，我应当发问
或者深情地聆听
我偷偷地思及，在狭窄的隧道中
她的名字是我渴求的火把
我为这闭塞的世界撑起一面遮光布
恐惧与失落袭扰着空气
我害怕，失去那个名字
失去缠藤的力量
那一旦失去便终为粉齑

噢，也许她也知晓一切
金色的光芒洒遍教堂的座椅
她明白信仰如何舍去，是否奉献
作为贫瘠土地的塑像
泥胎中丰富的矿质
她了解精神的毁灭与构成
她知晓一切，自己或者异类

我想回到自己的躯壳里，回到
光滑平展的桌面
我的名字曾被你摔碎在这里
你和他们践踏过我的卧房

以你命名

当春天以微光靠近
所有细微的呼吸随即弥散
那扩散的调色
像极了你所命名的
你为某种情愫命名

那些未曾落成的着色
那些羞涩的故事线索
都只应从你的口中传出
沾染着你呼吸的气味
噢，这个时节有你的味道

我们是彼此之外的孤独者

震颤的声音如一根尖刺
在我额前
在我祈求的眼中
一次又一次地回旋

黑白底片本应寄予缅怀
逝去的
或曾已逝去
亦终将逝去

你以从未有过的坚韧
原谅了猛击身躯的雷电
沉默并非漠然
不语的何止你那双眼
唯有悲悯与窃取被粉碎了
掷落在你膝前的道路上

你是在等一位送信人
不，或者你也同样寻找着
寻着你身后落定的某一束目光
那依然报以确信的
如同你的回眸
他一定可以为你讲述光亮如何追逐
他一定能够为你编织时光的线索
你看，你的脚步便是痕迹
你的眼泪流落在梦中
全然无需任何回答

有人惧怕狂暴的野兽
那吼声足以吞噬发抖的肢体
那尖牙将昼夜撕碎
将每一个细腻的词汇撕碎
它却发怔地注视着你
你口中的呓语让这庞然之物
悬浮于闭塞的井中

弑杀者的号叫
是孤独的冬天
四野圮败延续成落幕的传言
那爱情的传言沉吟至今
那爱情的传言静寂着

默不提问
默不应答

星星就要在祈祷者的眼中筑巢了
我也无法逃脱出你气息的味道
在你的脚下缓缓落成一面镜子
我们以同样的故事
彼此讲述着

院子下

与那一辑睡梦
轻盈捆扎
那一缕一缕的
柔似清风的徐来
便是她与我偕同

楼宇之上
那弥虚弥虚的
交合吞噬的消散
我与她坠入凡间

长梯向地底深处伸延
我们依着身子从这世界的底
向下穿越着一方天空
梯的步阶是河
我们是河谷的又一次坍落

向下，看不到希望
你望着古老的书
你让我为你翻读
向下，看不到未来
你为迷惘的情绪注音
你让我作惊叹调

我们会否在这片滩涂遇难
两具骨骸深嵌相掩
我们从熙攘的院子穿过
到达它深底下寂寥的部落

讲　述

应该如何开始呢

从何时说起

从某一个相遇的偶然

注定的必然

从一首陌生的舒适的

短暂的吉他弹奏的旋律中

我想讲一个故事

有关于背影

有关于局促的约会

有关于碰撞的颜色

穿过亮着街灯的路口

那横越彼此的阻碍

像极了此时此刻我所要讲述的

哼唱，自那扇门的右侧

走进的人落了座

后来进入的，关上了门

一定是法语式的问候
嗨！或者，你好！
腼腆地笑笑
心中便响起了一首歌
听到的人脸颊绯红
勇敢地退退缩缩

低沉的嗓音由楼宇外迎接
阴阴的天气跳了一支舞
餐桌前彼此盘旋
她在对面
望着描述疏朗的月光
在他的诗扉的致语中
致爱，致爱情

酒醉，不愿醒
不愿淡忘，不愿驻留
你带给我三件礼物
此生常绿的春光
永不消散的气味
一个心底流连的恋人
以余生怀念的人

我古老的房舍前

靠近的旧栅栏
你是那一丛奇迹的叶子
粉白色独立的鸢尾
给我看了你花的形状
一朵新绿的一小枝
你给我看你眼睛的形状
僻静的山谷你为我啼唱
你为我铺路
崭新的金黄
如此轻易的迁居
我们在应许之地筑了巢穴

此刻应该是白天了
时光再过匆匆也应留下
可以告别吗？
静谧不语的梦中
沉默变作结束的对白
指尖轻轻流淌着另一双指尖
我们不再是背对的方向
脸颊边生出别样的眺望
我有你衰老的模样
依然是彼此的齿唇
私属的印章

你是我横越的丘陵

写诗，我们只为彼此
现在，或者不止现在

写一首泉涌
为此刻，为多次酒醉的欢愉
写一首淡漠
为来日，为多次情绪的愁离

你是我横越的丘陵
从未阻挡过
你是我日出的象征
始终标记着
你是六个连续阴雨的天日
在最后一天为了我的城市放晴
你是他人眼中的殷红
而我作为雪夜的侍者
捧出浓郁的一泓

匍匐在暂白的厅堂内
身披你舌尖的欲望
我忏悔苍穹下的霞光
石子院中隐秘的
许多杯苦酒
我饮尽了锻造的阳光
影子破碎的路面
到处是你温柔的流淌
你是太阳抚摸过的石头
你是蜂鸟腹部的梦乡
为我的故都扎下监牢

环抱的春藤
绕过了海岩与栖息的沼泽
整日的降雨
淋湿骨骼上你的名字
你的熟悉的气味
头发和目光重复着这一句
而这一句
沉重的这一句
重复着你的将去

为你的夜空，再寄一片星辰

那幅老旧的风景画一直被我珍藏
回忆和故事总如猛兽嘶吼
而又藏匿其中

某些偶遇的桥段
使得我们感受到温暖
可是
白云与天空残损了
时间与草地一块儿发黄
树林被忘记了名字

我是否该用羽毛作序
作为回答，告知你
一座清寂的小镇落在背后
不远处还有风声
孤单的文字
一个接着一个被吹走

余下的部分继续为月光铺路

在撰写的过程当中
我们都以浪漫主义自诩
植物与烈酒将要结合
旅途中，根系为沉默困扰
为故事的宣扬而放纵
为你与梦的形式自闭

谁情愿投入呢
在水中流浪
在一小片粼光中赋情诗
在高帆下哀恸
在自由与自由之间徘徊
在你与你之间陨荡

当孤独成为最后一种可能
便不再会有
另一把钥匙
亦不再会有
另一个人

青草会充当坟墓前的符号
我依然选择以书信的方式
为你的夜空
再寄一片星辰

消失，那可信的

那可信的，并没有足趾
也腾不过雾夜
只得沉在水底

那可信的，也可被离弃
不及回忆中的一些悲观
不同于一幅肖像
眼神，嘴角，一小枝花叶

那可信的，某一刻走失
在风声睡眠的墙外
在墙外巨浪般
疏疏离离的失望中
沉默如锁链

那可信的，冲出
成为一个马蹄形

奔袭进被遗落的居室
呆怔无声

那可信的，被称为
消失的异象
如何奇异的遭遇
会寒袭凌晨的轩窗

去到哪里了？
树篱下
藏着一道枯萎的伤冻

天际，又见

我们会像失去雷声一样
终将彼此失去
但是记忆会看着你
直到白鹿的蹄印消失
淹没在大雪覆盖的原野

在一座大山冷峻的怀中
围绕星河展开的庭院里
我们的湖泊结了冰
绳索套住火焰
在你的掌中
点燃的尽是我无辜的秋色

所有语言将指向的
汇集在一处松针年迈的巢穴
无须怀疑许诺是否长恒

在浩渺的梦境
温柔从未迟醒

步过黄昏之后湿冷的雾气
馥郁的林子似若迷宫
欢喜的梦太圆绕了
引我们去到
水淋淋的这一丛
还与那一丛
诱惑的眼神惊于失落
夜色中精致的玫瑰
也失掉了一片暄红

你可愿做现时激情的塑造
在你与我的
熟悉的庭院中
为夏季遗留的植物铺开
赤裸的臂膀和脊背
再为裸色的你
掬一泓欢然
在水底与水底交换
撩拨的馨香

注定落在每一篇你读过的书页上

告诉我，散漫的狂热
不会是一首佯装快乐的诗章
告诉我，情流开启后
绝无返程
宛如初梦中垒叠起的
苦涩的念想
还将毅然继续

与我一同致歉次日的黎明吧
如此刻致谢恢宏的夜阑
在时量的跨度上
贪婪的眼睛
除了彼此间贴合的周身
我们竟然忘记了仰观星辰
忘记了多一次
再多一次
让肢体震颤
让各自与各自的睡梦离散
让窗外的暗青色
湮没一切异端

那些注定要到来的
那些或许会离去的

相约，将会成为一把锁头
屏障季节中
那一日初寒

淡漠，让生活失眠

大山需要一个童话

好让风声听起来始终轻缓

你因寒冷而居于彼岸

风在你面前摩挲密林

彼岸需要一个童话

是夜，你要我为你驻步林边

幽暗中通向那寂寂月色的冷焰

失掉了最优雅的部分

于雾夜移去了你的注视

为了等到潮汐再次降临

那一丛丛沉默的花卉

决定整夜整夜地绽放

落 款

也许你只愿听到一个声音

从明日将或惋惜之地升起

独自回荡在长路之上

如同许多次你曾独往

那清冷而枯槁的林间

透过哀然的坟墟你亦曾怔望

你甚至不再理会风将去向的地方

任由倾斜的夕光铺满耳旁

你说所有的声音

都被描进了那些旧日时光

让热爱的人始终爱着

那天　影子为了找到影子
那天　温暖的手依托着睡眠

那天　迢遥的心事系在云下
那天　城北锁着一道篱栏

是谁说心有可遇
无底的记忆被细细磨平
是谁说蓝夜阴凉
晚时的星光会否被摇落
是谁说长路苦旅
坠落的叶子便如同注定
……
是谁在说
又说与谁听

梦呦！

躺进那寻索的舟楫
迷雾是真实的
露水是真实的
黄昏与风景是真实的
梦呦!
让影子与影子落在此处
灰霭与闪亮同样庄严
让热爱的人始终爱着
在朝向归去的路上

当我得知此后再无你的讯息

当我得知此后再无你的讯息
便注定我将成为河床深处永溺的骨骸
记忆被混浊的泥沙拖行
那双曾在夜色中无限漫游的眼睛
失掉了星辉的牵引
终究成为深刻的荒诞

当我得知，此后再无此后
近乎绝望的沮丧便使我忧郁
再也无法援引世间万象致给你
本应由你定义的烟火光色
也于稀薄的眼底跌落
曾经饱满的文字接连被捕获
在向着遗忘伸开的桥索上
加入了密集的葬礼

至此，以往的约定都失掉了意义

那些为你亲手撰写的诗章
再也无法发出声音
再也无法在你的胸前起伏荡漾
所有气息如同焚灭
借着我们曾一同许愿的微焰
灰烬中隐现着那些温暖的名字
闪过天际
闪过极地夜空中一道冷光
闪过北海道初冬的雪野
闪过一间书店，那里满满地装着爱情

我们终会明白此或彼的缺失
绝不止哀然收场
那将是流放与孤老

我们终将历尽山海

正午时分步伐愈加沉重起来
从一个夏日踱着步
又进入另一个夏日朦胧的睡梦
即将要起身离开
作别蛐蛐呼鸣的茵草绿地
只因那远处丰满的水栖地唤着
便消去了疲倦
消去了静谧暗藏的心事

此刻，神秘莫测的梦魇
正筑居于贪杯的嗜酒者梦中
总会有人冥想
为喜爱的花卉寻一个恰当的午间
尽管焦干的枝丛跌入褐色的光线
浪潮环涌着歌谣
依然充斥在淡色的时辰

我们都是驾舟之人
仅凭在别处曾触过的
一束甜美的逆光
便只身历尽追忆
只愿，清晨后你的眼睛
会从一片舒润的叶子中醒来
只愿，依托睡梦的枝丫
缠绕着我的手掌
紧紧编织

唯有念及之人栖息于夏夜之外

唯有念及之人栖息于夏夜之外
唯有青春的风浪拒绝着孤独的语气
直至今日依然如此地讲述
我们始终在矮墙外
听凭悲悯的蓑衣抵住生活的故事
夏夜告别了，并非一去不返
夏夜是我们来去的信笺
区分着月光下环绕影子的人
美好的词句或许会成为诗歌
于是给你的信札闪着微光
成为仅有的奏鸣
美好的词句或许注定要被遗忘
于是为你注写的部分
既成永恒

绿　野

她自花园的小径中走来
从蜜蜂与芒刺中

她笑着如欢歌
她从绿野的缝隙里
给我讲述向日葵的倦怠
她说，日光累了
雨水才多了一次
相拥的邂逅

明日的祝酒词

吟诵，是昨日我为你送行的佐味
是今日今时我黯然的坠跌
我在一口悬而狭深的枯井中
离别着爱的泉思

吟诵，将成为明日我为你合声的祝酒词
我借来信天翁秋日分别的低鸣
嘱与你美好的祝愿，一定要获取今世余存的欢愉
否则，前世的爱意将被辜负
那天际的林间悄悄洒来的光亮
亦终将暗淡

我为你写下远不止十四行诗的冗长
句句词词，皆不会冰冻在这晚夜
你是否记得，前些年我在雪地的河畔
为你诉说过一双白鹭，栖息又飞起的故事
那个夜晚，我独自一人走近又走远

在暗天的世界里吹落一整夜的雪
把足印清晰地留在晨间
好让你寻着，让你寻到我
静寂的爱的迹痕
我也刻意地指给你看，来自午夜短暂的篇幅
这情爱，始终静静为你做着寂寥的陈述

于遥远的地方栖居

在冉冉的湛蓝中
初秋的细语低回而萦怀
在苍色的柿子树下
银河汇成粉色的溪㵎
我的眼中有一座群星落色的花园
隐秘的镜子中
终是你蔚然的浮现

无　关

今夜，尽是些无关紧要的事情
想不到海浪，想不到山院亭落
只想到枕畔人曾写下的
朝暮生死
无求祈盼
只想到饱满的降雨
一夜又一夜
梦中所牵念的会面
那会面，是每一颗星辰的葬礼
每一颗说完了爱离
而愁然的倚盼

爱，就去吧

你爱她，就去吧
去牧场
去原野
去你爱她最初的地方

你爱她，追随的脚步总会有相似
去看星辰
你们始终彼此守望
与她一起
去到玫瑰奄奄一息的土壤
告诉她
爱情在每一个鲜活的国度依然会种下幻想
告诉她
那温柔的声音是空气中甜馨的芬香
告诉她
此生煎熬了惴惴的信仰
依然会有伴陪的思虑
抵御晦暗的永殇

雨夜西行

长日的天开始慢慢变短

在西北的方向上雨水为旅途铺开了路

我们两个在向前，也在停歇

我们为迷雾的星夜立下归程

在另一座夏日即将离开的城市

欢畅的门扉起初迎合了多变的气候

你看，我们赶了一整天的路程

也还是先在雨水里沉静

你看，指纹掠夺了细风的私语

也还是悄悄地在秋水里漩去

而那将黄未黄的季节

始终在我们心底啜泣

终有一日，当你轻合双眼回忆

再过迅猛的热烈

也只不过另一场风雨

被爱囚困的岛屿

尊严与智慧不会被插上标签
而爱情的岛屿注定成为遗产
你为贫瘠的土壤树以万株林木
你为迂回的阳光立下海谷
可是我呢？
仅仅在荒川中捡拾谷物
可是我呢？
仅仅用哨声引蜂筑巢
海草卷上了岸
零星的卵石荡成了星夜
我的手臂足以让你枕到天亮
我的案头为你写就每一次浪涌

烛火前的女孩

心间有了故事

如何叙述与她

听着北面蓝色的天空

与我讲述同样的经历

她也在挽留着黄昏前的沫影

此刻的新凉为一盏蜡烛

畅叙出阴翳的谷场

我们的岁月如此不幸

悲哀的灵魂竟有着不同的名字

彼此之间无法忘记的夏日

来自窗口外静默的向日葵林

她低头了，你便也低头

她自由地唱着

你便燃烧成热烈的炉火

她惋惜着秋日淡薄的气息

你便倚着夜窗

娓娓讲述着不幸的人此刻承载的孤独

泡桐街的傍晚

凌晨的酣睡摇曳着星火
黎明驱入我们足下
由山谷步入山谷
漫长的用时
翻涌过城与城之间的旧址
惜守着情爱的旅人
于另一方喜悦的天井下
再一次啜饮新抽的叶子
看哪，他们彼此拥吻着
看哪，拥吻的人即将度过又一个夏夜
在云朵常驻的城阙中
爱情历经了彼生的新地

摇动的叶子也有孤独的住所

这里的天气像极了蟒皮纹路
浅浅地渗透了每晚的沟壑
踩一步，湿漉漉地探寻
孤独的街灯站立着汇入雨夜

你已经安睡了
鼻息盖过了空荡的酒盏
很快，你又将苏醒
与这座城市短暂别过
与幻影的林荫留下一袭暖风

那一对叫作海的恋人

从月亮上飘来的瓶子碎了
沾着水草一般的暗色
破碎的声音在甜美里相互致辞
那一对叫作海的恋人
守候着孤独在傍晚时才有的微光
读着彼此眼中冬日的形象

独居的潮湿在每一个天亮的时刻爬上枝尖
生活让爱情疲惫
却从未让爱情停泊
我多么希望海鸟可以与我一样
同样深切地爱着你
它可以飞得更远
飞得更高
它也可以就在这里爱你
在去往天际的门廊里

那火焰将于天际烧熄

时间在绿草与星空繁盛之后
为你，也为我，烙下了期待已久的纪念

精心的花束作为永夜中短暂的书写者
懂得这所有一切将会是多么悲伤

我们的内心
彼此都沉甸甸的

我们的内心
起初，却从未这样

那起初之时，沉默闪烁着白光
使得午夜
与冬日的石榴树都异常的馨甜

那起初的天际，你将整个身躯
铺满我的眼睛
你说，这将会是我永恒的吟诵

你说，游荡的亲吻
自此将回到笑声里
热烈的酒体
也会伴着你我一同欢愉

我们像是被闪电击中的根须
疯狂地燃烧
而又疯狂地纠缠
我们深以为，这之后一定会彼此耗尽
可是
此刻你的眼中
竟涌出了悲戚的流浪

雪夜如同你安慰的语言
而我被魔鬼的楔子
钉在了灰烬的荒野上
我再也没有气力
穿过黑暗的门廊
我的星辰

亦将与我一样

也许，我不该再继续徘徊
也许，今夜
那火焰将于天际烧熄

我在想，我舒缓的蓝丝绒

我在想，我舒缓的蓝丝绒
此刻的降临
你是我短暂夜空下，一堂生动的课

清澈的滴水敲打着唇间的裂隙
在屋内的绿园中
你张罗出凝思的穹顶

今夜，再也不必担心
我就在这里，泊你的水域
是的，我就在这里小憩
陪你做一整夜的梦

我会在玫瑰的怀里数花瓣
向偶尔吹来的风道一声晚安

我会亲自送你到，你想去的地方

那里，你将去往的地方
一定是被平庸填满的
不再会有一个为你写诗的人
用一生储蓄的形容词为你编织花环
那无法统计的祷告
也不会变成沉默的文字散落在你的脚底
你说，你的彼生愿意付出所有的鲜绿
只因你想再次获得真切
可是你看哪，冰川的边缘在费力地退后
你的所有的温柔也随之而去

我一直想写一首无法被注解的诗
哪怕它会是我余生唯一所剩的遗产
它会比一首美满的献词更重要
如同我在此刻听见淅淅沥沥的雨声
我爱着，便始终不遗余力

荒园

在这趟孤独的旅途中，我们着实走得太久了，以至于几乎忘记，我们每个人的身后都还背负着一轮曾溺水的太阳。

—— 致那些琐碎不羁的荒诞

午夜城市，沉睡的野兽

在城阙寂寞的月下
泛水的河床之上
月色勾着媚眼儿
嘲笑着我们这一夜的欢腾

那个姑娘在江水的怀里打着滚儿
水波静静地听着
她说，秋天的温度闪烁出一丝暖光
特别淡，如同雾气将散
她听着一首急促的旋律
不舍得睡去，在一盏昏暗的灯火之下

我们离开这纷躁的季节太久了
寂寂暗暗地过渡着生活
今夜净是些无辜的响声
泛着泪花说故事的友人们
明日我们或许还将通信，将伤口放置在凄淡的月色里

而明日，我绝不会把华美的词藻缠绕在脖颈之下

我学会了一种在深夜觉醒的方法

我会告慰逝去了情爱的灵人

一切虚构的人间色彩，都是深夜倾听的假象

我望着窗外暗默又昏沉的生衍

成为这个年代仅有的万物与野兽

诺言，是这世界纯粹的闪光，很快之后便是黎明的早餐

所有人即将苏醒

而欢愉背后的沮丧，是这睡床之上曾猛烈的躯体

秋天，是一场不语的怀旧

秋天，是一场不语的怀旧
时光恰好在这里开始忆起
金色的肌肤自此泛着闪亮
惊叹着这荡漾的笙歌，如同我
惊叹于你，那熟透的风情

一直以来，我们在月亮的拱顶下
以温柔的方式熟睡了一夜又一夜
我曾在你微颤的鼻息里
察看芬芳的古铜色，我轻轻亲吻你
像窃贼一般羞涩而又笨拙
我把所有的秋日都给了你
所有秋日细微的盛大，付诸
你胴体的温和，你说
我一定是一个念旧的人
感怀着凋零的炽热
我们在简单的秋日中
迎接着一场不语的怀旧

姿　态

我从背后看你的姿态

熟悉的身影寻到依靠

心脏有了保护

呼吸和躯干有了保护

坚硬的尊严有了隐藏的外衣

我从远处看你的姿态

从你混沌的正前方

看不清你的阴沉的面具

呼吸中飘浮着阻碍

如同你看不清

我胸口深陷的石牌

疯狂的傲慢如同你的轻蔑

奇怪又龌龊的姿态

倘若只是注视着

咽喉会疼痛静默

眉骨暗示智慧的目光

除非大地在下一刻塌陷

阴影再也阻挡不了流动的色彩

传　递

你说出的话像是简单的旋律
击打在昂贵的金器上

有时你也会沉默
沉默时也像是旋律
眼睛里跳跃出
柔和明亮的序曲

就算你闭上眼睛
呼吸也更像是一首旋律
白键与黑键轻盈跃起
缓急交错
鼓动出鲜亮华衣

或者
天色和道路也是你的旋律
附和着你的情绪

涂上微笑的颜色
也许是栀黄
也许错落成银色阶梯

哪一条街道才能直直地
指向变幻的星座
闪躲的你
当这一切戛然结束
当这一切又悄无声息

我有两个我

我有两个我
一个迷失在沙漠
暴晒头发和皮肤
一个躲避进雨林
忍受糜烂与瘴气

我将所有善意写在两封相同的信笺上
规劝我自己
两封书信同时邮寄
一封去了阴天
驱开了苦恼的暴戾
留下后天的车票
还有一天的时间我会整理自己
另一封在清晨被签收
总算没有拖延到午后
傍晚也就不会怯懦地乞求
乞求漆黑的噪音不要再次湮没

也许三五日之后

我应该去楼下、去巷口

不，我应该去街边、去城市之外的荒野

去迎接回归的自己

握住我受伤的手指和孱弱的身躯

还有一个

已经些许陌生的苍老面庞

我不能悲伤地哭泣

时间在此刻变成希望的赞礼

至少我还能见到你们

我和我自己

回程的马车一直等到夜深

载着我们驶入喧闹

颠簸中我竟然睡了过去

在梦的边界

丢失了被戕害的意志

我有两个我

一个走进黑夜把自己藏匿

另一个

再也寻不到踪迹

六月为我送上迟来的你

在陈年的脚步声中
时光旋如一枚尘封的纽扣
收纳了离世之人郁暗的目光

那一段掩护我们出走的峡谷
同样藏匿着星夜迟归的消息
回忆起故乡曾淡薄的经年
目送过往，这一切或将消散

今夜哟，林中空地带给我暗摇的月光
在相遇的途中，我们耳旁
回绕着同一首协奏曲
关于沮丧，将不再是一束寂寂的火焰
伴着暗沉的忧虑
一道闪电把深深的眷顾
留在了一枚银色的指环上

奴　役

在生命的第五个年头
理想被挂在了天枝上
律师的帽子
医生的手套
一双精巧的芭蕾舞鞋
或者老师的笔杆
都一同被挂了上去

白由之风依然在田野放牧
航船仍浮浸在浪漫的波涛
星辰只需要一双眼睛
而这些幸运业已逃离
你的所有的世界
要么沉睡在囚笼
或是被点燃
照亮所有消去光环的暗寂

弹奏的乐趣被赋予财富

你一定是破碎的

跳跃的舞蹈锁进了公寓

你一定是破碎的

生活只是为了重复另一种命运

你一定是破碎的

除去梦想之外给予你一切

你仍旧是破碎的

在凌晨之末的时候走出去

走出华贵的楼宇

自生命的第五十个年头

说与谁听

你把满园的花、草、枝、秆清理了
统统地，你都连根拔起
疲惫的土地也被新翻
只为讲一个故事
一颗种子被这土地爱得深切
甚至自私到剥夺
其他所有的生命
在这园子里的
都将暗淡，直至荒芜

希望春光是这故事的开篇
衣袖中隐藏着花瓣
在季节交替的躁动之前
火热的气息慢慢收敛
给每一个潮湿的角落放一封情书
从你面前畏惧的羞涩开始
所有爱慕的必经之地

时光都急切着跃上高台

没有绳索，连接思念的语言

叶子泛黄了

径直地朝向凋敝

你把满园的花、草、枝、秆清理了

统统地，又一次连根拔起

疲惫的土地也被新翻

只为讲一个故事

从春日的一颗种子

重复到最后一个雨天

外国人

我听到一个故事，从别人的声音中

我听到了他，沃尔夫也许五十岁

我听到平淡、幸福、需要，他至今没有完成婚姻

他有他的爱人，他的两个孩子的母亲

她也许简单、幸福、需要，她不想完成婚姻

她有她的爱人，她的两个孩子的父亲

两个孩子，二十年前的一对双胞胎姐妹

他们有婚姻外和谐的家庭

他们酗酒，偶尔吸烟

甚至拥有大麻

当然，他们也拥有生活

不被自己厌弃的生活

换个方式谈历史

或许我们应该换个方式谈历史
当她打算将时空的委屈蔓延
将膨胀的羽毛插满全身
一具具骸骨掩埋进荒诞
灌进一座城
凶残的牙齿也被湮没
时间迟滞，麻木啃食

百千年之后
除去李候的父替
死生之间拥有奇异的年轮
沙土筑起铜墙铁壁的禁锢
阻挡姓氏更迭
却阻挡不了一根藤蔓
从筑墙的这头穿引
在筑墙的那头开花
明亮的白色，没有任何一抹鲜艳

浑厚的钟鸣又响了起来
每一声都召唤出一个时代
她不会停下来
至少，不会停在我们耳边

屠　夫

我没有去过欧洲
没有见到过冰覆的雪国
星天外霓闪的黑夜
我在这片土地囚困我的自由
我用砾石掩埋双脚
再把双手伸进暗沟

我没有去过非洲
没有观察过群狼掠食
偷窃的鬣狗
原始的部落崇尚象群
但我知道犀牛角的颜色
精致，昂贵
疯狂的钻机引导崭新的烟囱
一颗颗侵夺的璀璨
舔舐鲜血

我没有去过海洋的心脏
没有一睹蓝色的器官
鲜亮之间充斥黯淡
但，有人说肺是塑料制品
眼睛是原油色棕黑
肢体被伪善戕害
高尚与美，手握屠刃

人们在白昼里摘星星
黑夜中再也看不到银光
人们将一切点亮
遗忘了脚底卑怯的阴影

时光的错影

灰黄的江面留给我三道影

整座城市收纳在我的脚底

这一切突兀

更像是一首流亡的歌谣

峰顶所有沉静

一如沉静

峰顶所有消颓

一如消颓

峰顶所有林间

一如林间

明晨，所有词汇将付于一篇嘱词

草草了结的诗底，勾悬于被欣赏的部分

如果，鸟儿有带走记忆的可能

我便不会爱得如此深沉

如果，鸟儿有带走生活中所有晦涩的可能

我便不会纠缠于心，我所爱之人

一支荒原破碎的梦，静静悄悄
一众悲戚色，星夜降临
败坏又孱弱的牧歌
呈给世人凋敝的颜色
我们的耳朵贴合在灵魂的故里
一切照亮混沌的光线，都在绝声中
爱或被爱

谷雨之后

时光在水面弹了一道波影
说与五月的故事，被水鸟拦住
闪映停落在眼底

风信子搭了一座桥，鳞茎纤瘦
紫蓝色的音调
——幽幽漫漫
回转进湿腐的土壤

我需要一朵浅浅的花
遮住五月淡淡槐香
在饱满的季节到来之前
为谷雨后的降水寻一处安静的地方

肤　色

你心中装满了砾石
沉甸甸的压迫
自由的水分不能渗入
阳光亦不能照进

仇恨与欲望的枷锁
将你送进黑色监牢
你披一件深色衣裳
也没能遮盖你的牙齿
醒目的肤色，手掌明亮

是的，是仇恨
将你一次又一次送入
被憎恶所禁锢的牢笼
再留下疲惫与哀叹
你认为公正不再
你认为蓄谋商讨

是的，是仇恨

优越与鄙夷的对抗
一直都如此荒谬

话语权

改完了潦草的手稿

我逐字逐句吟诵

揣摩每一个字

每一种结构的形成

谄媚的奉承，平仄的韵味

竟然，也会觉得可笑

一想到呈现后的窘迫

我就会觉得惭愧

甚至于推翻往日里每一次真切

那感受从直挺的脊背开始

我犹豫了

思索着青春的记忆在慢慢破碎

不敢确定时间的轴线

从我踏进腐朽的灯光

我寻一处蔽暗

躲过斑驳的树影

掉入了窃贼的巢穴

住房，九十年代

从两栋老旧的建筑楼体之间
不经意地发现，天体的形状
云经过时，像一位少女的姿态
那腰身留了下来
辨不出乳房与手臂
维纳斯丢失的缺陷
或许从滩岸又漂走了
她比这建筑要古老
只是维纳斯始于永恒
而楼体自院墙圈起以后
便走向了衰老
直至倾塌

沟　通

你说失眠如同悼词，扼住你
于夜半喘息
混乱中挣扎做梦，用一些
奇怪的肢体语言

一个含着泪用悲伤说话的男人
冗长地陈述无从停顿
结束和开始在同一源头
回忆陷入挤满灰尘的床头
伴随在每一个黎明之后

从权利中出走

从权利中出走
你想要过自我的生活
从恢复秩序开始
像第一次脱离家庭那样
承托你肩骨的大手骤然失重
监管时间的道具失去了情感戏码
木地板倾斜
屋顶掉落下青春期的腰带

从完整的板块出走
失去身份的象征以后
你拥有了真实的角色
你的地址属于你自己
属于一根绝对直线的两端

从活着的典籍中出走
在腐烂的肢体上抠一个洞

可以是眼睛，可以是嘴
可以是闲娱的唱调
瞧吧，多么正式的发声
你解开了锁扣
自你遗落在别人的世界中救赎
开始挽救生命中最后一个阶段

回　避

我找到一块石头
像我心脏般大小
用热爱那雨季的降水
冲刷，像我心脏般形状
以传递暗流的季风，那速度
将这形状打磨趋于风化
是否，经历了契约的欺诈
你会途经这里，由一处市集
由一处熟悉的街道，你经过
新奇的陌生，由一处浅滩
我曾将那圆石放下
又一次放入水洼中，浸湿
自你放慢脚步的那段荆丛
我放下那心脏般形状
再铺上一些软草
只是始终没有找到花束
泥土沉浸在你裙褶的色彩

丑陋，皆被厌弃

你看那些愁苦的面容
单一思索的眉间
丧失了智慧
你看那些麻木的表情
痴愚在丰盛的案牍上
发出动物进食的响声

有人啐一口唾沫
朝向领地之外
用无知宣告攀爬的位置
或者再啐一口
朝向领地之内
他不认为鄙夷是一种行为

周而复始

用疑问的方式推一扇窗
光线从冷的角度进入
颜色由暖的形态开始

躲在生活的背后
将太阳和月亮运行的轨迹收纳
重复着每一层相同的台阶
每一次低头皆有所思
空白的时针又停歇

时令的信号总会相同
祭祀和规律不差分毫
恰如春草疯长的故事
一个故事结束
一个故事又重复

生活不被见证

你着手整理这一切
从时常拂拭的桌角到玻璃茶杯
盥洗盆的边沿，搭一双胶皮手套
垫子上看不到任何一块儿鞋印
你将生活的痕迹打包整理
塞进随后就要丢弃的包裹里

空荡的居所任谁也联想不到
这与你掉落的头发有关
零零散散的碎片也看不见了
间歇中发呆的时间
一分钟，一上午，一整天的徘徊
都从西边的窗台消散
随着无数次落下的夕阳
重复成夜间袭扰的凉风

不过，你带不走以后的时间
那仍在窗帘下经过的
你未能察觉的晃动

哑巴与手势

将幽怨的眼神放进我的疼痛
腐坏的组织就这样逃走了
痛苦就此覆灭
你独有的财富被装进船舱
你没有舵手，没有孤苦的海员
没有自然的指引
至于那夜间的航道
乌云始终遮满你的海面

我的疼痛在吼叫
肢体和神经承受同样的伤害
你无从感知到我
那体温灼烧
却不能使你于寒潮中取暖
一整夜我与疾疫做伴
你温适的梦境盖着一顶帽子

透过刀刃割破的缝隙

我向你呐喊

火焰即将燃过你的脚面

有些人始终会离开

时间是蓝色的吗？是谁
让声音在夜间停落
优美的行距在错落中穿梭
一句温柔
于你的耳边轻轻探过

眼看着时间把思念剥离
一丝一丝的无奈
试图冲破夜的牢笼
以单调老旧的方式
混入你耳中

只是长夜中总会有灯火长明
像极了孤独眼睛
不愿与星辰告别
留下来的始终是奇数

狂怒的揭露

不安的人注定是孤独的
躲不开语言中失望的调和
所有谎言被轻易识破
那败露的部分掩进心里
一层一层垒叠
传至你眼中的淡漠

不安的人从不焦虑
原本会融入，从周遭的寒暄
舌头被真话打了结
支支吾吾佯装疲倦
那些见闻一旦选择沉默
诡辩的声响便难以撬开
甚至美艳的诱惑
也不能遮盖黑色的丑陋

只愿与一棵树

一方花草独处
远不见天色变换，蓝或阴灰
静止的真切有温度
明亮会暖一些
绿色蔓延成湖泊
未能从你口中听到
依然保有清醒的方式

不安的人懂得缄默
那气息更像利刃
将抗争的频率压至最低
折成刺出的枪戟
每一次回答都停在抵触的壁垒
周围的人群表情木讷
不再关心环境与生活
掠夺的能力被锤炼
财富的矿场转而成为坟墓

你的胸膛早已空旷

同微不足道的人说理想
一切都如此遥不可及
风扑进怀中
胸膛满是空旷
宏大的句子被斩断
一截一截挂在反碱的墙上
发黄的粉齑裹住闪亮的部分
眼睛被醒目的红布包围
暗淡的光线靠不近那轮廓
沙哑的声音也未能穿透

作为成年后的礼物
你用刻字的方式记录时间
为何没有将文字歌唱
没有曲调的附和
节拍将更加孤独

因此，你决定沉默
在别人的世界里隐居
在你的世界里遗忘

别让时间定义生命

岁月的更迭并没有让我
觉察到衰老，而记忆
将那些成长的画面历数
在我面前

时间从不担心会留下什么
每一种气象周而又始
变化总那么永恒，不断
驱赶着生存自我的方式
我却时常焦虑，为这短暂
过程中没能被定义的束缚

于我，这一切是苦恼的
苦于赋予之后那空洞
于世人，大多数赋予
都成为罪恶，不再偏执寻求
而淡漠成为最终的解脱

著书人都已离去

我害怕踏上回去的路
害怕经过黯淡的孤独

对那荆棘丛背后的黑麋
我从未有过恐惧
甚至透过大树密集的冠
那天色虚空的线条
我也从未胆怯

我只是害怕襁褓般的安逸
雷同世界中生活的相似
不分昼夜地劳作
交换满足的平等
早已丢失的砝码
不再被思考的天平均衡使用

我害怕活着

像蜉蝣一样生而为延续
饥饿折磨我
疲劳使我消沉
疾疫让我变得脆弱
但将我带进坟墓的
绝不会是死亡
麻木的无知开始掩埋我
走向终结的途中
我胸中迷茫的空白的
仍是生命轨迹浑噩的反射

伪　证

生活开始失去调味
像钝器击打你所有触觉
你坐入闪眼的容器里
聒噪的声响侵入你敏锐的感官
昏沉的头颅悬垂而下
片刻间坠入颓靡

我们究竟有多可怕
口中充满了谎言和欺诈
时间究竟注入了多少悲怜
让我们如此消沉
以至于遗忘了所有丰满的记忆
那些曾经被篆刻的每一个时辰

你开始厌倦生活记录的方式
每一天写出同样的文字
同一种味道被反复咀嚼

你总说要在下一个时刻出发
颠覆月落日出的形式
颠覆你自由的规律
推演所有毁灭的权利
毁灭将止于山
止于海
止于大陆绮丽的姿态
止于屠戮争夺的黎明

你依然背负沉重的犁梗
拒绝一切收获遗留的卵

太阳沉落后我们便沉默

雷鸣在暴风前夕撒下欢乐
天幕下一闪而过的光亮
拥入暗夜怀中
蓝灰色的幻梦冲向我
注入我空荡的瞳孔

我在一辆疾驰的列车上
遗忘身后所有光影
暑夜的问候告诉我
每一个复杂的心愿
都携带着苦难
咸的味道侵袭了味蕾
霓虹灯简单的形状
遮成了凌晨初始的衣罩
而我终于明白
当太阳落下以后
我们为什么开始沉默

筑巢又远飞

我还没有说完，骤然的停留
你就飞走了
你携着我的故事离开
飞往西边那银色海线

我都不曾为你掬一捧溪水
昨夜的雨点方才洗礼
我还未将粟米袋系于你踝处
饱满又富足的给养仍鲜嫩
而你的喙扬得更高
一声呼鸣便飞起

我的故事，才说了一半
就被你带走了
剩下的也已无从承接
冗长的叙述的确不能缚绑
困你自由的羽翅，在我面前

我的故事，才说了一半
我用前半生中每一个夜晚
汇集，再汇集
说于你听规律严密的循环

呵，剩下的故事也被你带走了
同你一起飞向隐瞒的混沌
辛勤筑就的巢穴被丢弃
只一次奋力地挥翅
你便永恒地消失在夜色中

生活与粉笔画

年轻的绘本很快老去
涂满色彩的每一页
讲述每一个故事
以鲜活的语言呈现出
坚硬而激烈的形体动作

曾经，我也有一幅粉笔画
涂在老旧泛黄的墙面上
眼前的绘本开始老去
泛黄的墙皮也开始卷曲
皱的褶印将无辜的图形蚕食
一点一点慢慢消磨

绘本与粉笔画始终有重叠
富裕与贫弱的区别
同样被记录下来

假如痛觉能够延续

重笔刻下的印痕

一定饱含往日苦涩的记忆

我所有期望

我是否可以有所期望
将动荡年代的天空
每一种云彩积累的影像
传递给未来
传递到不久以后再次动荡的时期

淳朴的生活将再一次被捣碎
我们仅仅只是经历暮年
更接近遗忘的终点
被称为时代伟大的旗帜
与我们静默的骸骨置于角落
甚至不会享有任何仪式
消逝的过程亦将无息无声

生活初始的形状

始终陪伴我的
是云顶的颜色
那陪伴我的色彩
同样也伴着你
如一双长情的眼睛
盘旋在属于你的云上

如若我们错过了相视的机会
远处的青山仍旧依环
于你隔着一块灰石
于我杵在窗外
也从未给我看过
每个方向所有的形态

往后
你若不能再陪着我
我还有青色的依仗

驻守在南面的云下
若那青山也不能再陪我
偶有的雨季也能常回
给我一片你眼中的润绿
若大地注定要干涸
雨水也不能再陪我
我便会一直向着太阳
彻底沦入无尽的风蚀

街角的长椅

张望，起初是陌生的
崭新而光洁的开端
看似寻常的高贵
占领之后
不同于访客与常住者

各种质地的背囊装满讯号
从不同季节的旅途中赶来

蓄满胡须那老者
扑向尘土覆盖的口袋
几个世纪以来
金属制品的着色变得诡异
全部积沉在口袋里

跋涉而来的少年
背包还有未干的水渍

也许，新奇的雪花刚刚融化
初次邂逅的爱情
还没来得及回味
就已被掸去

有人谈起了孤独的生活
依着自己的背影
消除了所有愤怒
那愤怒也曾充斥过
每一个难挨的睡梦
此刻他的语言尽是希望

所有经过的，停歇的，不安的
眼睛始终指引着流浪

群居者的疲惫

你注定要撕开遮蔽的纱帐
撕裂阳光下的荫翳
抖落生活中语言层面的辉煌
跌落与摔击将粉碎所有谎诈

饱腹者沉浸于欢愉之中
孤独的过客那面前
每一扇庄重的大门锁紧沉默
背后却囚满取乐与恭维
甚至那些盛满祝酒词的杯盏
也能发出怔忪的清脆声

有人唱出乡谣
青涩的情感如游蛇
从眼角滑落至嘴边
满足的居民
他们空白的脑袋中
布满了失色的眼睛

骗　局

你点出一个原点
生活的剧目即将上演
顺着天平平衡的刻线
脱离梦境之后
富庶的交易麻木地往前蔓延

感官在体验
沉陷于一张空网
舒适地附着在黏稠的部位
为了彻底清除纯净的记忆
你斩断了手臂
放弃摸索生活形状的权利
连同掌中生而追随的胎记

每一条线索都曾裹满污泥
你用欺诈的方式会意
甚至再织就一张网

缀满惨白的瞳仁与词句
你究竟还要欺骗多久
从你眼中的原点
朝向结束的主题

与你说

时间，翻过一页又一页
那黑色的浮影
每一个篇章终会静止
沉寂于入睡之前

时间说，他最懂得牵念
你被放在每一分，每一秒
每一个熄灭又闪亮的瞬间
时间说，我最不懂得时间
混混沌沌地消磨
而动情的意念
却从未主动呈现

是我胆怯了吗？
简单的数个词语
竟然反反复复

只是咬在唇边

今夜，我依旧选择沉默

再一次让钟情的暗流

缓缓地涌出心田

阴郁的形体

攀一座山，以一个人的高度
横越的姿态掘入裂隙
一道深裂的陷阱，吞噬天空
高亢的嗓音最终也将坠落
坠入深色的暗沼
沸腾的血液在激荡
泛起了蓝色波纹
遗失了保护的绳索
日出的方向跌进了山谷中

迁徙，路过最后的定居

我不理解我们的城市
多年以前，聚集的地方汇涌为城镇
作为闭塞传统的疏导者
他们始终忍受着疼痛
萃取土壤以上蕴含的能量
直至枯竭的界限出现
谋杀的手法由群体者上演

我不理解这个城市的孤独
官绅、士兵、仆役、娼妓、愚民
所有形态的服饰
在同一具肉身外风化
混合成围墙内的气味
发酵了几个世纪
最终被现代产物所覆盖
填压进遗忘的巨坑中

转换了逃脱的形式
最后所有人都会停下来
停在一个特定的符号前
抽象的符号包含了任意终止
对于将要来临的，将要逝去的
浓重的印迹更像是错误的节点
身着醒目礼服的人群
亦将再一次溃散
那些逃窜的步履的形态
与聚合时的意气完全一样

诗　与

记录的方式有很多
我选择了诗的句子

取悦的方式有很多
我选择了诗的故事

思考的方式有很多
我选择了诗的深境

审判的方式有很多
我选择了诗的度衡

爱情的方式有很多
我选择了诗的抒怀

结束的方式有很多
我选择了诗的沉默

所有人将经历变节

我亲自见证了

有一种疼痛会悄无声息

会没有预兆

会随时随地从平静至暴虐

会在我心中积成一道墙

拦住进入我房间的气息

生活的味道再也不能弥漫进来

我的生命放弃了最宝贵的组成

在黑与白的夹缝中扮演时钟

我亲自感受了

有一种感官的信号

从我最靠近胸口的脊柱左侧

从吞噬我自由的黑渊

从我脑中盘旋出欲望的影像

我想步入山谷中蓝色的部分

深壑是昨日的依赖，我并不恐惧

峰顶在明亮中隐瞒，我并不贪恋
只是渐渐泛青的路径
到处布满惨遭遗弃的包裹
所谓生命的沉重负担
最终都会迎来佝偻形体的寻迹

逃 生

一个名字在灼烧
上帝把炭火夹碎，扔给了
北海道的冬天
坠落，竟然没有声响

噢，季节错了
一片树林倒了下来
火热地继续欢呼，一洼水
沸了又沸
干涸了又蓄满
雪说，这是我滚烫的形体
冰是盾牌，我愿凝结
或被捣碎

书　店

一本抑制的沉默情绪

被拿起

你看，那个冷眼的少年

他背着一兜生活

锤子，凿子，扳手

他背着声音细小的赘述

唯独没有背来爱情

那果实发酸

浸倒你的牙齿

那交换是气流的抖动

一个沉默点燃另一个沉默

所有火堆也都沉默

只有我

听得到隔壁的声音

微小的心的颤动

她始终在与他交谈

独　居

我在灯塔下看自己的身影
为这个世界留下遗憾

我们的房间始终阴冷
与季节无关
与时令无关
记忆是灰色的网筛
细密地漏掉了
所有温暖的部分

时光被放在了冰上

我在你的腹中

取出一串葡萄

未尝其味

已知觉你手掌中

曾紧攥的酸涩

一树树紫黑的桑葚

于门前掸落

天上的云被这乌色浸染

没有人会去品尝浸没尘土的果实

但裹满尘土的诱惑

却又无法抗拒，那是眼中一位

婀娜身姿的妙龄少女

粉嫩的身体附着风尘

你爱那桑葚着色的肌肤

那晶黑的瞳目与丰臀

罪恶的序言全部遗忘

那道门再也没有打开过
陶醉在自我构建的时空之内
你短暂的满足中
停留不过是一匹野马
水都没有饮够
又踏上了命运与自由的交易
赌注换取了反弓的背脊
狂傲的说辞灼满整个咽喉

那道门再也不会打开
黎明前的寒光
已为它镀上襄衣
时光被放在了冰上

群落，孤居，窥私

一

作为世界第一种有机物
记述当作载体诞生
眼睛为观者
耳为收纳器皿
口——只以茹血肉的轮回之腔
手即屠戮的形态

争夺，平衡，衍生，规律
杀血，恶祭，啖肉，阶层
部族汇聚为一体
群落高举着火把
焚烧丧失语言的通行者
焚烧犁锄、耕具
焚烧饱藏生机的躯壳

花植、粟种、衣饰、指骨、凶刃
一条北方的清缓的河流
日夜冲刷着腥臭的腐血
篆字的笔体于黑夜中刻下
由一顶膨大的颅骨表面
鲜白光滑的纹理中

眼睛为观者
耳为收纳器皿
口——觉醒了存活与方式
宣扬出第一份契约
从神邸的阶下祈求而来
三千众人的胸膛被剖开
三千众人的肝脏被晾晒
三千众人的眼珠串起一条直线
远古的银河以罪孽的鲜血洒成

牛、羊、猪、禽
劣质的献祭结构
　　　　上古说
以人、畜屠我厅堂
聚宴我的饕餮食器
　　　　上古说
处女的皮应作为画像

壮男的体征以石剜离
　　　　上古的假梦注解于世人
腹中必有活物
口中紧咬注血的根茎
——上古是消失的丑恶被显影

二

传颂，礼说的方式易被篡改
记录，由一种推演组成另一种推演
敬告谦卑者低首的种群
服从于至高无上的脚面
亲吻沙土触及之处
舔舐涩苦的鞋履
那诞生始于贱愚而非智慧

所有储藏的部分中
皆是酒液闪亮的颜色
房内与房外
蓄满酒水
房内与房外
崭新的挂钩
血水滴沥出清脆的响声

这都是前一个夜晚

由冷峭的荒野中运来

鲜活肢体的一个细小的部分

生者的群体被祭语打乱

排序的方法不再有他姓

一把火烧起了绿洲的烟尘

一把火烧沸了烹煮器官的汤池

三

击鼓

第一阵鼓声

催动麻木的睡眠

击鼓

第二阵鼓声

饱食的胃囊破裂

击鼓

第三阵鼓声

尸体，在一座桥旁

在一张石床的榻上

击鼓

所有鼓声震天

所有鼓声消逝

为每一个没有星月的夜空命名
为每一种从深夜传来的声音命名
声音是命运的傀儡
哀痛？激昂？
声音是命运的传话筒
哀痛！激昂！

合抱的巨木已有年岁
在这片从未变换的土地上
进行着王位更迭
干枯的树枝垂落下特殊的名号
一个接着一个
循环着姓氏源头的奇观

毛皮变为华贵的衣饰

一

洞穴起初作为避寒的倚仗
一片宽大的长青叶
同时掩遮于羞耻心
当语言只有信号传递的作用
火，驱散黑暗

石片划破飞鸟的膛腹
饱满的种子已破壳
流出完整的卵
呜呜，未现哀戚
呜呜，猎获富足

二

四足巨兽以鲜活的脚步
倒下，血可饮
肉可食，骨可汲髓
毛皮重新覆于冰冷的形体

循环的链条并不仅为吞噬
由一众利己者所为
既葬生于远古猛兽
狮群、狼群、落单的马匹
穿透颌下的利齿
截断捕获，或被捕获

三

火源，终以驱寒的身份分裂
焚毁原始的红杉林
地下的巢穴被烧得滚烫
爬行动物躲进河流
尸体在凌晨结成白色的冰面

终灭一切的暴风雪来临了
以隐藏的力量复制疾痛
瘟疫如同虔诚的信使
由互视的眼神
亲吻的唇舌
情欲蓬勃的雌雄体征
在过度满足中生命群体覆灭

四

夜间独自睡眠的身体
潜伏着新生的经验
谁还愿意变回
丧失听觉的软体动物
湮没陆地的海潮追逐激荡
连续数年寻找同一片礁石
没过海水后闪金消失了

东方的语言转换了形态
语言因书写而变得有力
不写于悲惨

不写于痛苦年代
不写于浮夸的售卖
一首诗有了叙述的雏形
人类以工具的心情猎取兽种

房子与罐头

过期的罐头
要扔就扔去林中的河流

切莫打开蜡封的瓶口
甜的汁液会招致灾祸与不幸

闻讯后溺亡的虫蚁
湿了羽翅便不再飞起的雀鸟
鱼虾整日整夜沉在水底
河域在腹中

被关进笼中的
终是无法振翅
精美的拱挢看似接连
从此岸投射向彼岸
门下窄幅的缝槽
锁住了所有明亮

为囚禁的林间参照黑暗

过期的罐头
绝不会驱赶时间
心思在密集的位置发酵
容器单调
如同城市的住房
住房也独有期限
在一生短暂的使用期内

生活，缘何而改变

看哪，时代就这么狂浪地
在我心底住了下来
随随便便
就清走了所有牵碍

只是行至一片湖边
可池沿偏偏积满皑雪
倾毁的世界
为了哀念一株枯木
颓萎的枝蔓亦包着素服

勿要吊唁
勿要唤起挽歌
一切焚毁的迹象
都不足以替换灭亡
噢！那轮异乡人眼里的明月
已注满悲情

悲情是白色的
偶尔，它也泛黄

极端的疯狂将要降临
登顶途中飞起了烟雾与叶子
封锁足印的迹象
向前或者向后
抉择自我的占领

当灵魂毅然躺进这片土地
埋葬的仪式便有了许多种
青草是丰盛的
雷、雪、云、霜是丰盛的
围观与赞美同样丰盛
只是"你与我"
"我们"这样的字眼
苍白而无知

度　过

历经生活

并没有什么遗憾可言

不过只是

一声叹息

遮过另一声叹息

一句问候

盖过另一句问候

一些人

取代了另一些人

水杯与雷电

水杯，被雷电击中
星光和野草之间
便扯断了纽带

空旷的纸页上
奔走着一个孩童
瘦弱的身影追赶着一支水笔
形成线索后，充沛有力

纸页，被雷电击中
这偶然也变得完整
确定了结束并非消匿
我们亦开始告别

有人继续躲避
逃窜进丛林中
而我

宁愿择一处突起的丘陵
我要继续等待闪电
以昂阔的风度
那闪电与轰鸣
亦必将同行

时　代

我们所处于温煦的时光
看似平静的生活
覆盖着比平静更加绸缪的想象

已经走过的路程
全然不知衡比的量度
那些被清醒占据的时刻
落在每个曾停歇过的树下
脚步在荫翳中迟疑
丧失了归属的权益
我们又开始迎着风雨

逃窜的人学会了阅读
一个故事接连着一个故事
宏大而壮美的世界
始终与艰涩保持平行
阅读的方式参考于打字机

虚妄犹若漩涡
犹若星辰在天幕隐现
声音终究还是消失了

流派本应尖锐
本应矗立于更高的云层
历史成为古董之后
便再次沉默
扮演着文献
成为考古界重要的角色
流派是中和与调色的汇成
在某一个政权建立的夜晚
它失去了独立的人格

我们的时代
更像是一个漫长的夏季
霜雾和冰凌
都与之不相匹配
我们的时代在灼烧之后
涂上了冰冻的药剂
连同着消沉的大地一起休眠

战争，病者的狩猎

那些人不再变得苍老

他们的面孔被印在隧道中

坚硬的石子替代了眼珠

他们住在一只修长的玻璃器皿中

枪火湿潮

夜色哑然

他们见证过的光明

在世界的两头

一头是和平时代的往事

另一头通向未来的和半

爆裂般的声音始终在耳边回荡

可惜他们失聪了

失去了感受喜悦与幸福的本能

在最为阴暗的通道中

激越的权利飞驰而过

那些人始终无法逃脱

甚至是修饰的外衣

都可以成为黑色影子的裹脚布
那些面孔终年在此布道
为了祭奠自由遗失的部分
为了祈祷未来
另一些人
可以拥有一条干净的河流

休　眠

活着的人们，每天都在重复两件事
浪费与流浪
偶尔还会在分针的刻度上偷窃
当然，这也属于浪费的范畴
流浪的方式却如此单一
像一只简陋的水罐
像水罐里密闭的声音
那音色在漆黑中游荡

重复的脚步是穿越集市仅存的方式
杂乱而扭缠的形体
以交易换取生活
这样的流浪有着丰富的经验
饥饿成为一种崭新的货币
在交易的袖口中隐秘流窜

清晨的阳光如同拯救的双手

在湖泊密致的淤泥里
打捞起一个个封闭的童年
噢，那是一些丧失了语言的时间
那些时间在白日中休眠

热门人物

从平凡的家庭中截取故事
在琐碎的故事中描述形式
看哪，你也是其中的一部分
你来自晦暗巢穴中
投机谋划的一员
你为自己竖起旗帜
你自诩徒步旅行的哲人
你欺骗自己
只为同时可以欺骗所有人
你充当着热门话题的门槛
你为舆论的力量掌舵
你是谁
你是所有人

思索者，观察的态度

拥有一株植物生长的速度
在根系伸延中苏醒
苏醒伴随着觉悟
光被呼吸缠绕后
停顿，休憩，接纳

植物可以成为我们的眼睛
静默作为秩序的消除方式
为生存的周期再次订立规则

我们完全可以携带土壤
携带其中湿润的力量
于夜色中徒步
每一步前行都敲出沉重的音阶
那音色纯粹
有着与语言相似的故事

盲目追寻的人啊
背囊中尽是饰演角色的衣衫
独特的剧本从隐蔽的屋后写出
那里植有私藏的罂粟种子
肢体的寄托已经破土而生

体验着群体共情的哀戚
怜悯的情绪折入软懦的交流
每一代人由相同的颜色搭配故事
搭配餐桌和生活的示范
仅仅集会在敞亮的餐厅
一张巨大的织网
悬置于人们仰望的地方
交谈借由餐具与进食的声响
填满后即刻又缺失

观察始终会成为思索者的铠甲
迷失在各种语言的恒温中
啊！多么美好的结局
迷失！
啊！温床是麻木者的毒品
沦陷！
苦行主义的男人或者女人
排斥群体行为的安全机制

那享有不劳而获的一切权利

皆是虚妄的徒劳

热衷此行的人们

请携带借据和欠条

快步走向温热震颤的铁轨

请快步迈入激烈对撞的结束

收纳着足迹的梦境

圈养自由种群的结构

围合的结构囊括了命运的均衡

像极了溺水时渴求命运重写的过程

你绝非自我申辩的缔造者

你绝非自我建立的革命家

仅仅一台简单运作的机器

构筑了喀纳斯水中静止的惶恐

成千上万的你隐藏在周围的密林

你是惶恐感染的重要组成

思索者

当情感与描述糅入丰富的现实

肉体关于疼痛感官的反馈才会真切

焦虑时索取的过程

亦将引导迷失的旅途

思索者手中紧握水笔

许多完整的粗线由颅骨伸出

那是生活的线索

生活简单的形式

生活循环的阶梯

楼宇林立高耸

跃入智慧的枕上

道路四散横卧

疲惫在昼夜行驶的信号中

我走进思索者空旷的眼瞳

宣读无限重复的情节

由夜间寂然的桌角上散落的文字

由控制生命机体塌缩的器皿
向着剥离的果壳仅存的水分
我宣读争取活着的权利
争夺活着控制死亡的所有方法

漫步于自由的植被间
饥饿成为渴望的累赘
一棵结满高贵果实的巨木
填补了蓄谋与蓄谋的伎俩

唯一没有堆积成疾瘤的敝萎
无法再带来收获
也无法替代意识的权杖
你最终将与之走散
与你曾在月下扬起的白帆

最终
呼唤还将保有一些崇高
作为思索者独自会晤的交涉
普通的情感描述英雄的情感
凄惨空白的观摩对峙智慧的答案
你已是夜晚的礁石
缺失了参与荧光省面的机会
长夜已至
伪装的攀爬者转眼便已入睡
思索者再次充当起圆月的角色

知情人

年迈的身躯，他知晓很多
并了解灵魂与信仰的差异或是共通
他穿过湿滑的条石铺就的路面
穿过屏障似的斗拱
横斜在额头的正上方
穿过散落的人群，三三两两
借由询问的方向
他孤独的手杖在向其靠拢
人群的聚拢由阴谋构成
死亡得逞了！
于阴谋的庇护下，转瞬消失
年迈的老者，你竟是唯一的知情人
呵，你穿过河边看似安宁的步道
你穿越了险峰，那实则诡诈的险峰
你是战争中又一位尝试坚持的人
昂着头颅坚韧迈步的一位
你谈论着灵魂

你谈论着信仰
你谈论自我的沉谧
只是，被众人推入河谷后
你的手杖依然擎在额顶

气　味

自那张古旧的橡木圆桌之上
谈话内容弥散着陈年酒气
距离上一次诱惑的沟通
面对着面，失掉了普通的结局
两具紫蓝色滚热的包裹
坠落进一方坑穴
那些弥散的吸入感官的部分
些许腥冲，些许酸咸
温湿的营造让一切昏睡

驱散迷雾浓郁的流光
由西向东飞涌而来
为抚摸置够了充沛的空闲
在一双有力的双腿上
有人在为汲取而掘井
汗水是极不对称的图形
由行动而来的

由声音而来的
听见了吗？
喘息声在抚摸光滑的脊背

如果任何一段夜晚的经历
可以放置在白昼之中
最为合适的容器
也许仅仅只是一张床
那里藏着掉落的泪珠
厌恶的毛发，一些气味
足够淹没一座岛屿的淤泥
欢愉至死，渗透于感官盛宴

故事背后

谈话变得了无趣味

声音在文字的迷宫里

涂抹成为满墙荒诞

若是回避可以构成一幅图画

你与我的身后

必将倦怠着不同的面孔

不要再去物色下一位听者

心底的院落业已干瘪颓落

院前那扇门

也早已灭了灯

坠了锁

再也无需惦记时间

再也无需惦记时间
你可以安心阅读
那些俳句诗行所牵连的情感
你可以一直沉默
但同样持有颂扬自我的声音
你也可以向着夜
或散步中偶遇的浅滩旁的那双飞鸟
向任何你眼中因取悦
而取悦你芳心的我和这世间
一切袒露出自己同样爱着的心声

你会否感受到快乐
当你手中执起信札
象征幸运的符号仅于你私有
足以抵御沮丧与失望
绝无停滞在你腹中
我所确信的

由你眼中燃起
仿似哀弱的气味萦散在
彼此去往的秘境之间
那哀弱之外你自不必理会
因你所确信的
始终在我这里

明　日

假如现在你就坐在我的面前
那你一定沉默着如同一块礁石

我记得住你现在的样子
当你手臂每一次伸展
也都与我有关

我听得到你现在的声音
你的呼喊穿过黄昏的雨间
打落的每一片叶子
全都被我深情地凝望

我找得到你现在所注视的每一个地方
你的眼睛被粗糙的风消磨
离去的人被你搁置在桌台

我很感动，因我所感知到每一方寸的你
拥挤不堪的夜风下
我们是一双影

阅读诗篇时，我们在注视着什么

请将"你"与"我"分开，
阅读诗篇时，我们在注视着什么？

由你所见，眼睛如黄昏国度之外的恒星，
引导着河畔涨水的希望。

精心地接近着如风缥缈的伪装，
审视自我的生活，确切的生活应有如此。

而肃穆的注视时不时与你重聚，
为约束后定下的规则，在玻璃上迈出踟蹰的步伐。

向暴风致意！
眼看着摧毁，你已无能为力！
向烈酒致意！
今时，灌下一杯又一杯祝福，
祝福记忆里每一刻喜悦！

向此生囚溺的死因致意!
可笑吗? 捋在时间线索之外的行人。

向我致意, 同样向你致意!
向惨痛的阅读, 致每一夜孤苦的睡眠。

蒙太奇

当一个人惯于杀戮，而又麻木其中时，无论他将要面对的是人或是动物，都将毫无差别。

——致那些离经叛道的生活

蒙太奇

岛屿有雪

荒野有蹄印

记忆注视着记忆

天空有亮灯的院子

摇晃的桌子上

沉默着食宿人的星河

每一个梦中都停有一驾马车

时刻准备着

驶离翳暗的房所

你听

碎石总是在雨夜渡河

开阔的枝梢

铺成了透明的晨色

你听

迷路的孩子在无奈地饮泣
悲情的故事终于有了回声
那声音不远
浮在了旷野之上

写给你的一封信

傍晚的时候
停下一切
我开始尝试给自己一些回忆
空气中飘浮着很多个声音
可是我竟捕捉不到
其中任何一种
哪怕是关于前些天的那一场阴雨
或是去年春天
送你离开之前的那个夜里

我们都应该时常告诫自己
不要在任何一段温情的音乐中回忆往昔
除非此刻你只想听到苦闷的回声
或是满眼寂寞的荒凉

假如有那么一些幸运
彼时的你也停下了一切

同样在时间的风雨外
找寻着某种默契
想到这里
我就已经笑出了声音
像许多年前我最初见你
那首喜悦的旋律始终从未消去
而那些单纯的感动至今又去了哪里

很多事情早已淡去
我只是记起了一些画面
当我送走了你
送走了与你有关的一切
我便再也没有力气
回到自己的时光中
彼时
我所筑起的一切回忆
又将再一次被缓缓送走
那些关于你的
关于以前和以后的
关于我自己

生命需要诗歌

生命需要诗歌
太阳宠溺过的一切需要诗歌
后来月色下的
岩层里的
或深海中的幽闭

你的生活需要诗歌
入睡之前某一种心情
嘱托一份温情的问候
黎明或午间
片刻停顿的闪念
关于你的孩子、爱人、家庭
抑或你时间中来来去去的
悲痛，喜悦，或情爱

所有的声音需要诗歌
你看无辜的生命被迫害

结束的语言不再重要
你心中悲悯的句子便是诗歌
从你眼中迸发出的哀怜
从你咽喉深深的叹息

生命中所有的陪伴需要诗歌
树下的落叶
清晨的凝露
粮仓的粟谷
枝头的飞虫

仅仅一句深刻的赞美
纯粹的时光
流进富饶的心脏

生命是绚烂的
——需要诗歌
生命是艰涩的
——需要诗歌

今夜，我将再次为你赋予

今夜，我将再次为你赋予
从你光滑的身体开始
城市的路面刚刚淋湿
仓促的雨水就已抽离
路灯下银闪的凸起
像极了你无辜的皮肤
诱惑我不安的情绪
我宁愿冲进光线的褶皱里
就算是错失了月亮的轨迹
也丝毫不会觉得惋惜

今夜，让我再次为你赋予
为你点亮每一盏灯
听你唱给我迷幻的旋律
可声音与气息竟如同拼凑
仅仅借用了一些海藻与荆藤

当我走过这城市

我便再次确信

你娴熟的谎言

连同着城市中隐居的奥秘

疲倦使我安静

疲倦使我安静
在一切噪音中不动声色
缘何而争执的怒喊息声了
通过导体的电流声很无助
楼上咯吱吱的响动还在持续
点钞机工作到了傍晚
是该停下来了
谁也不会厌恶这诡异的味道
喝一杯苦味啤酒
面对着人群，灯光，音乐
面对明日就会遗忘的陌生
面对自己或者朋友
旧钟表疲倦吗
它一直规律地嘀嘀嗒嗒
数着麻木的数字
却从未混沌
含糊说辞的借口依然未能赴约
所有歉意缘于我们的疲倦

我看到过

我看到过，流火燃尽
只剩下烟灰色的云
裹挟火焰，自蓝色以外

我看到过，泥刻造像
延续生息的沙土，质地柔软
逼真的双眼，透着光
嘴角泛着安详

我看到过，天气讯号
温热形成了风
冷了或许会降水
也许还会有沙尘
附着在生活的触角上

我看到过，情爱离分
突然就心动了，又羞涩

突然就散了
他或她走了

我看到过，生命走完
彻底地告别
只与自己，只与鲜活的情感
灰烬或朽腐
再也不留遗憾

我看到过，虚假、丑陋、伪善
厌恶的面具，滋生谎言
可是，真诚、友怜与慈爱
同样也在心心相传

我看到过
城中有绿树
城外有远山
或许，还有我未曾看到的
那灵魂的住所
那睡梦的心安

远处的灯火，近处的山

骑士的靴子掉在了窗台
连同黑猫的爪印
那些被遗留在夜间的
进入了婴孩啼哭的噩梦

摇篮曲扮上了褐色外衣
飘向受伤的瞳孔
我要念一句咒语
为了游散的兵勇
为了大海上溺卒的恋人
为了你们所有人
你们曾这样说自己的身世
有处来，无处去
我要念一句咒语
你们会安睡，如那摇篮曲中
忘掉啼哭的噩梦，那婴孩安宁

翻过窗户说晚安的人

继续揣走月亮的问候

那声音甜蜜，青涩虚无

我要念一句咒语

为了伴青草发芽的学童

为了出走后忘记的回家路

为了树影牵绊的衣袖

大人们总向孩子告诫

爱的来，恨的去

我要念一句咒语

你们会安睡，会做同一个梦

梦醒在离家前的清晨

那时，我们还可以睡在路边

我仅仅只是从饱满的青藤中
索来一枚种子，那缠绕整个
夏天的触觉就弥散出了味道

有风的夜晚将这气味揉碎在
阻隔的窗纱上，穿透的部分
从梦的顶端延伸，覆盖所有
震颤回荡的声音

生活中重复的那段时间，被
孩子们抬进院中，枕着纯净
的疲倦，看漫天的星石环绕
一个又一个富足的暑夜

那时，我们还可以睡在路边

季节，从你身上抚过

抚摸你会有奇妙的感觉

遮蔽与裸露散落在不同的区域

从指尖到手掌

触动紧张的感官

而自由就此失去了联系

起舞的叶子跳进水中

同样抚摸到你

你眼中那温柔闪出粼光

像另一具崭新的身体

风穿过阳光的温度

也想抚摸你

当他只是拉动你的裙角

树影便为你披上外衣

这拥抱也在抚摸你

从后背为你系上丝带

心形的扣结再也无法打开

就这样绑缚了整个夏季

一段丢失的旅程

沿着残损的阴凉
我从一截矮墙下经过
路像是我的心事，曲曲折折
墙内有花开了
馨香悬于枝头
在我面前的光线中点下符号

我愿意遇见低矮灌木的身姿
带刺的温柔围绕着我
粗糙的外形呈给我善意的颜色
我愿意遇见阳光有些许灼热
照出扬尘细微的动作
心底深处熟悉的语言

这一切静态的生命
始终没有在意我匆忙的脚步

从远处的我至近处徘徊

直至背影萧远

喧嚣于时间的刻度上

从不偏倚

语言的铠甲

你是我将要把心放入的要塞
你有抵御侵扰的壁垒
坚硬而锋利的刺刃
阻挡那袭击
那突然毁灭的占有
那焚烧灼心
那倾塌的世界有爱
我的爱却被掩埋
在你灰烬的窝巢
在你覆灭的囚禁中窒息

我要为你陈述
将自由的语言那形状
说给你听
将悲苦的遭遇
沉沦的心情
呈给你

将可笑的事情
滑稽的人生
涂抹在塑料纸上
你甚至不屑那气味
可你的热情偏偏又妥协
我坐在标注的文字前
一页一页翻阅
出卖之后丑陋的奴性

你的目光点燃了一切

太阳所照亮的都已金黄
不能穿透的部分
处处藏匿着痛觉与感伤
而你身后堆叠的暗淡
依旧隐隐作痛
不过你不需要记号
刺青一样惩罚的标记

你属于太阳
包括你的潮湿的区域
都可以吸引到光线
所有温暖将汇聚于你
在你热情的眼中蒸腾

我的居所在云上

我在山洼的怀中
听溪声
听风吟
听寂寥的黄昏呜咽
听所有自然的声响
被天空收进了云里

聚拢的雾气将我围裹
潮湿的凄迷无处消散
我抬眼看云朵
看云朵中我那安静的住所
我温柔的床褥沐着夕阳
我知道
等我归去她依然存有微光
想到这儿
我便心安了

我的居所在云上
偶尔
还会看到清亮的月色

台　阶

自第一层台阶之下
我便已经放慢了脚步
闪亮的光线覆盖过头顶
每一个沉闷的脚步声
都在捶打着石阶

犹疑着背后的分别
明日
一定会有一部列车载你离开
向着高原的方向
用一幅天然的蓝色迎接你
蓝的天色
蓝的湖泊
汇聚在镜面的水中
你开心的笑容
将从每一道波纹的棱角中收获

此刻

我仍在阶下徘徊

于楼体下的角落适应着

一只白猫尾随我

驱赶着干涩的话语

那些不能被我向你陈述的结果

一声再见与道别

一句心安的送离

许多日之后

我们一定会再次遇到

请你别忘了带回

雪山脚下质朴的问询

连同白色的系带

一并给我

未了的期许终会缄默

在你离开的地方

结成一道心锁

游　弋

我们从城市中心出发
经过一面又一面筑墙

我们向着大山深处的目的
却一直行走在柏油马路上

我们向着海的方向
向着橡木桅杆的尖头
却只看到礁石堆中浸泡的残帆

我们向着栽植的果园
憧憬着羞涩的鲜绿还未成熟
那田野的气息可以让你醉倒
可是白色的房顶却连成一片
轰鸣的噪音甚至刺痛你
麻痹你的嗅觉

我们从一个城市出发
途经每一个灰色的壁垒
都在无声地消亡

从你的身体出走

如果你将躲进石头的缝隙
你便会获得坚硬的外衣
坚硬如你的心
也将锤锻你的身躯

如果你将躲进一棵树
由潮湿的根系游走至冠顶的葱郁
你会有明亮的高度
开阔如你的视界
尘风雪雨
你将见证所有庄肃的洗礼

如果你将躲进我的身体
从我温暖的双唇进入
感受我晶透肺叶那暖然的律动
你会是甜的
弥散在我所有温暖的细胞里

如果你将躲进废弃的城市
告别无效的群体活动
你必须从规避疾疫开始
甚至不能对任何一具骨骸
发出丝毫软弱的共情

如果你已经无处可去
千万不要做出诀别
松开缚压的纽扣
胸前的，袖口的
试着让声音出走
最终
都会以环绕的方式回应你

于谎言中醉倒

我再也找寻不到快乐
从星辰缀满天空
我就已经遗忘
甜的，酸的，苦的
辛楚的滋味

白色的裙折引导目光
黑色上衣禁锢你的锁骨
你噘着嘴
孤立我的欲障
我懊恼的是我的唇齿
叩碰不到你
你皮肤上暗色的痕迹
我害怕错过今夜
错过意乱后最终的目的

我好想住回老房子

我好想住回老房子
土坯的墙垣裹围篱笆
篱笆上曲绕着生活的蔓
丝瓜，豆荚，牵牛花
园子在厅前
夏末的蜗牛总往屋里爬
夜凉下来的时候
我用竹编的簸箕搜罗
趁着月色清亮
将它们倾倒在院墙篱下

我好想住回老房子
每个季节都缀有漫天的星花
墙外的空地植满果树
枝头尽是希望
挂满春末也挂满仲夏
土基的道路鲜有车辆

道路中间常常野篱混杂

如今
除了依稀残有的土基
记忆的墙垣早已拆旧而去
脑海中模糊的印象
是记忆纯真的选择
背离生活单一的趋势后
大多数人们仅剩下居所

念 旧

我生怕错过闪耀银光的句子
由篇幅冗长的段落里

三五个轻声的字词
便可聚成波浪
那涛声里裹着石英
裹着妒恨的心思跌进峡谷

我，亦被裹挟其中
经历着无数次疲惫的攀爬
跟随砾石铺就的小径
向着茫白的凛峰

而刚毅的颅骨
穿过茂密纠缠的爬藤
还是于山峰顶端迷了路
延回到密林腹中
在高与矮的姿态中踟蹰行进

来自拉萨的明信片

你将另一座城市的声音传递
从湖泊上经过，那思念许会溺水
蓝色的笔迹写下牦牛、牧民与山歌
半壶青稞酒，你说
那是取自于日喀则旁
一条无名的小河

思念的分量到底有多重
竟不能在白天
从山顶的云朵上飘过
你总是担心它们会失去方向
才在月色初上
将那心思袒出心窝

你一直想告诉我
你曾轻嗅那稀薄的山色
灰和蓝的界影

再也不能被眼睛复刻
而你鲜亮的署名
也抑不住感动
一笔一笔渗出天河的脉络

我不知道
你的脚步还会走多远
也许
眼睛与星星接连的地方
才是你将会驻留的村落

孤独的群居动物

我不愿在潮汐中谈论我们的历史
土地整夜整夜地承受着雷雨袭击
骄傲的树叶不断被剥落
一株株擎天的枝干
裸露出羞愧与鄙夷的自我

我的国家流淌着无数条河域
每一条都覆满了甜蜜的种子
一枚石块击出的水花
足以抚养一座城，一方淳朴和善的居民
可泥土深处含有腐朽的气味
穿透每一处建筑与居所
渗进公民的皮肤里
这片家园失去了颜色
蒙上了一层厚厚的粉齑
灰色的笼罩同样也弥向天空

广阔的地图上丘陵在消失
我在深色的部分看到大地的冻疮
细小的纹路像是哀悼的捷径
一座座墓碑并没有悼词与墓铭

有些人已经开始离开
生活被全部装进密封的口袋
秋虫与冬鸟也要迁徙了
再也没有地方供它们躲避寒潮
空气还是原来的味道吗
醇甜的果香与湿泥的新腥
也已变得如此刺鼻

古老的民族不再使用符号
无知的双手足以收割一切

交　谈

我为什么会期待
每一次，时间刻度的结束
结束的声音又宣告
奏鸣，响彻两种平行的轮廓
竖直的轨迹慢慢交叠

我从来没有踏足
你的领地，沉默的领地边缘
在前进的迷雾中
我渴望撞向太阳
我是如此消靡
也许终会灭寂
但我眼中的气息
足以将你的青草浇灌

崭新的鞋履始终没有迈出
住所外围飘浮着腐土、浊气

渗透坚硬的外壳
侵袭你手中甘冽的水源
那独有的气味是淡紫色的
一个气泡便升起一轮明月
困扰着毁裂的爱情

谁在口袋中装满了故事
两只手掩不住
你在每一句，每一行中
搜寻着适当的词汇
可是背叛与离弃无法慰藉
我们耿耿于怀的
并非施暴者的反馈
我们无法宽恕的
一直是宠溺者的无视

你所需要了解的

你所需要了解的，所有这一切
首先是关于生命的不可悖负
度量的标准与方法总会不断延长
直至轰然崩塌
你生命的长度萎缩到结点
并且自我宣告
灰暗的末日就在不久之后
也许，就如你眼前的弥留

有一座山你还未曾登顶
不论遇见日出或是蔽落
或许还会有大雾环绕
迷惑你的心事
可你还是没有迈出
迟疑的时刻停在此间
等待的时刻停在此间
那再也不及此山的高度

停在了你的面前

你所需要了解的，所有这一切
绝不该是受伤的疮口凝结成的疤痕
你错过了正确的车站
你从馨香的植园旁错目而过
你敌视周围追随并关爱的人群
你投之以炽热的爱情于错误的那一人

时空覆灭后便不能再建立
任何生机的凋萎亦会永恒
如若伤害的痕迹可以被复原
灵魂中业已缺失的部分
又该如何再次获取
芳心初许的热爱绝不会再次复刻
但是崩塌的秩序依然在尝试重新建立
一次又一次重演
仅仅只是颓败之后美好的告别
请不要和自己的背影道别
狭长的印迹始终连接在你脚下

你所需要了解的，所有这一切
应该始于一个崭新的问候
向任何一位突然闯入的陌生人

告诉他忧郁的周末

一定不会击败撩响心窝的歌曲

我们只是需要一片纯净的绿园

执念的遗憾会被亲手埋下

覆土的深度在你心中挤压

你将忘记那麻痹感官的烦恼

将那湿糜的狂风所带来的一切

彻底粉碎在泥土中

不要再继续记录空间和时间

盲从的轨迹会带来错误的线索

天空之下涌入了太多装饰

思索的力量仍然无法抗拒

在那些苍白又固执的存储中

鲜血与肢体成为镣铐的献祭

总会有一个终结的时刻来索取

哪怕只有焚烧殆尽的灰烬

大海的远端仍然漂浮着遗失的美梦

趁着手中依稀残存的坐标

那短暂星光赐予你的记号

你所要了解的，所有这一切

皆源自你身后简单的经过

时间宽恕了一切原罪

熔火的深渊吞噬了孤独的躯体
灰烬于闪光之后完全消失
那一排新鲜的绿树
竟不合时宜地坚守姿态
烈焰中时有掌声传出
为了不再安分的恐慌
为了萎蔽的故事
盘踞于即将消匿的希望

救赎的记忆如此脆弱
伴随着冷清的梦境
你更换了面具
更换了皮囊之外一切束缚
更换了如同利刃一般的牙齿
撕咬伤痛的力量，锈红斑驳的眼珠
依旧跟随着
你宽恕了死寂后所有罪恶
唯独遗漏了自己

成年的焦虑，由北方跌落

再也无法忍受寒冷，你决意离开
列车通往西南，语言就此陌生
时值秋日渐凉的快意
你为自己制造了一些孤独
打包的行囊中特意塞进了
那一些将要枯槁的梧桐树叶

你说
冬天的雪一直是你梦外的蜡烛
笼罩之下的所有安谧都将被赋予
轻盈的白色羽翼
寒冷的袭击也从未形容
绝非任何贬义的词句
尽管你狂热地依赖着阳光
也难以释怀
她一次次褪去大树的雪衣
剥落你视线中哀戚的期许

也许，你再也不愿去想起

空寂的北方旷野上

那些你迟迟未落下的足迹

戈壁与草原、雪山有着相同的力量

离去不会等同于退避

你说，你更愿意穿越风沙

去埋藏一份幸运

与美好的相遇做过告别

就再也无法面对崭新的自己

在年轻热情的泉水旁边

仿佛又响起了熟悉的声音

风声是其中格外疼痛的一种

隐秘的色彩与你如约而至

北方城市的一切业已碎裂

此后再与你无关

而那碎裂的痕迹竟是如此焦虑

烛　火

那心的感觉
被点燃

那亮光
被小心翼翼地发现

那围坐一团的人
谈论着酒醉的孤独

那黑色的雨夜
潮湿了钟爱的心思

人，与人

富足的人耗尽所有财富
替换延续的生命刻度
贫穷的人耗尽所有生命
替换短暂的满足

普通人粉碎地占领
倾出一生的薪金
换来一套华丽的囚服

丑陋的人涂亮肤色
遮蔽醒目的黑瞳
掩饰阴影中可笑的孤苦

我在神的脚步旁醒来

我在神的脚步旁醒来
祈求他原谅我残忍的过错
我改变了自己的生活
记忆却跌进了痛苦的漩涡

他只是为我点亮了一盏灯火
将我的记忆湮灭在火焰中
那所有能忆起的样子
都在尖锐的问题中倾覆
我们不能询问我们的朋友
甚至熟悉的爱人
我们更不能追问
那余生更换的量度
卑微的问题与卑微的答案
可以毁灭友谊
甚至于情爱

穿上外衣吧
雨天的潮湿或许即将遗忘
穿上外衣吧
冷清的季节也许并不仓促

穿上外衣就走吧
选择了离开
就无法再正视这个时代

偶然或是意外

轻盈的身体在太阳下飞走了
就那么意外地坠毁
意外坠毁的蜻蜓的身躯
裹挟着万千卵的圆形
在腹中，一并结束了

之前，阳光始终刺穿着
未完整的所有眼睛

我有一栋废弃的住房

我有一栋废弃的住房，在海边
所有生活的迹象已被覆盖
沙砾于昼夜之间打磨墙壁
海风吹进浊黑
着色炭火飞灭的原罪

我已好久没有走进它
路过的观望显得奢侈许多
曾经密切交谈，伴有希望与闪电之夜
看似热烈退去之后的温腻
被潮汐苦涩的祷告带走了
颓灭，亲手将这种关系吹散
漂浮的海风俨然受害者
夏季那情绪似乎从未在此处经停
它在寒冷中摇摆
打着趔趄，快要坠倒
不会的，旧的墙垣依然坚固

沉默使它变得阴冷

一整夜的睡眠拆去了所有防护

完整的门窗，完整的语句

完整的天井

你看，许诺比浮沤还脆弱

许诺是海草的根系上了岸

无法再继续入眠的都在撤离

礁石粉碎自己

为死去的珊瑚披上哀衣

远处的乌云也转身

海鸟衔起了自己的粪便

苍白的滩涂所有遗迹都在消弭

都在为时间念说着亡灵的序语

我有一栋废弃的住房，在海边

我只能在照片中再看到它

尽管它还在，尽管还无法消去

自我搬离以后

它便获得了安宁与平静

灯　塔

你只是没有看到围墙
高筑或低矮
你只是没有看到旗帜
当尘土开始没过村庄
你打算去到哪里

你扔出标记
月亮一直为你导向，在夜里
谁在眼中扬起迷雾
浓重的印痕藏匿着整个天空
那被放入喉咙的沙哑
猝然破裂了
那沙哑的嗓音泅溺
城市的桎梏张出血网
大地深处传出一支阴郁的安魂曲

城市壁画

你是否在城市中孤居
群体密集
行踪慌张

疲劳如一杯利口酒
阴湿的地方显现一幅壁画
灯影被黑草衬红
麋鹿慢行
落叶也那么慢
由垒摞的山顶
旋转的风车上空
缓坠，缓坠
所有深凝的眼睛里
都不愿望向天空的颜色
天空已消逝不见

绳索一根接着一根垂下

拯救者攀附于老式打字机
敲击出地面上
每一种硬实的声音

世界在一顶玻璃罩中
保持最干燥的形态
隔绝了沉闷巢穴以外
冰冷的光线
麦穗，斩落头颅
再一次活入花瓶的鹅颈里

善待生命的参与

我们需要善待每一片银杏叶
当她被秋阳镀上金色的蜜糖
冷涩初冬的路途上
告别，也不会显得太过匆忙
无须哀默
无须叹息
唯有深刻地感应
生命中内与外最平淡的参与

我们需要善待每一次共处的时光
每一刻四目相交
都如同寻求到
一尾契合的弧线
在最圆柔的部分
轻语彼此的名字
那名字的末尾，我的唇
一定要在你的唇上，我的手指

一定要触及你的手指，我的呼吸
一定要揉入你的味道
馨甜的部分
由你轻喘的鼻息中获取

我们需要善待每一条
普通的行路
找寻的声音放置在途中
离别，已成为艰涩的字眼
那些始终没有学会的
以完美的方式熄灭或是点燃
以精致的印象现出光洁的形体
当我们在仅有的她的眼中
褪去所有遮蔽的衣饰
那神圣的仪式
也一定会成为咏叹

生命会善待一切用心的部分
那些特殊的故事
特别的人

预　言

脚步，自暗淡的光线游弋
战栗，布满抓痕的双手
一道道古墙壁
从靠近臀部的角度
破除了秘境咒语
一众混浊的迷影
追随着城市顶端的天体

一个名字，念在心中
便是一道无法破解的符咒
一双眼睛
拓入另一双眼睛
便结成一首动心的赞诗

曾经，何处寻梦
寻一座城的轮廓
蓄满清泉与冷冽冰霜

葱郁的绿围站定了风的阻挡
体态毅然，平衡着内外的联系
无法抗拒区分的种类
为繁天中所有星矢的召唤
引一张弯弓
送一刃寄思的长箭
心怀幸福的信徒在布道
为这纯洁的池水注入烈酒
满城的供养均源于此处
生活与理想即将迎来酒醉的馥郁

一驾破旧的马车
冲过智慧尘土中弥扬的故事
葡萄藤架整整齐齐地靠近着
目送逃逸的人离去之后
人们的味蕾缺失了苦的知觉

引　证

有着成年笔体的规则

打开一本密封陈放的故事

灰纸白字标记出索求之门

暗色被默许，溢流出高檐

用生怯的手势翻开

我的扉页孤独而僻静

我们都在等一个心事生成

一个冲破体腔障蔽，酸涩的骨种

何以成为一把钥匙，一把斧头锋利的刃尖

牢笼，囚禁猛虎的牢笼

伟大的怜悯之心渴求将之放生

自由的私心亦在叩响

但愿高扬的宏势不会伤及无辜

但愿旁观者良善，但愿成全

唯一可以为时间佐证的

是你独处时的住所，你在何处藏身
你在麻痹的水池中洗涤
空洞的瓶罐在哭喊
生活已被你掏空
你依旧是贫乏的，空无所有
你想要的，填满一切念欲
你厌弃的，也都收入囊中
包揽目光所至之处
你终为自己贴上沮丧的标签

通道堵塞了，气味酸腐
周围是寂静的污浊
人群都套上了厚厚的棉衣
抵御外来袭扰的淡漠
独自一人时，我们就会做梦
在冰硬的土壤中
模仿着睡眠时的样子

真　相

在最羞涩的年代获得最伟大的复兴
在稚嫩的回响中留下蜚声
在你的身体上丧失欢愉的权利
在你的河谷中我被发现

那是真实的我
由你浅滩旁光滑的卵石中
由卵石细微的气泡里
仅有的氧气
为生而活，为活而生

那是苦痛的回忆
由一道月光的残息展开
以冷峻锋芒边缘
桦树抽象的身姿
噢，那是超现实风格
与掠夺者对立的窘态

你要我成为什么？

一位沉默的诗客
焦灼于夜的握柄
一位富庶的耕种者
痴迷乏味的犁刀
两者都可以收割月色
储存在隐秘的瓮中
收获！
要么空无一物
要么反射为天屏的金顶

还记得占星人吗？
真相一直被窝藏在
他舌下精致的诱引与骗局中

河西，古老的曲子

沙砾是弓足的远行者
绝望时常在空气中脱水
仙人掌的根茎像把脆弱的斧头
劈开大地粗糙的外皮
在所有能够被测量的范围内
龟裂的伤口仍不见血肉的影子
这片土地已极度匮缺
淘金者瘦弱的靴子络绎而至
马匹和车队牵引绳索的末尾
步入蹒跚的头盖骨
顶部覆满了手写的信札
一行行潦草的俳句连歌
文字由异域引入
远在海岸之外的水鸟也许最清楚
无人地带的宝藏藏匿的位置
它曾衔来一抹绿枝
作为符号，作为旗帜

作为旷野荒芜的水笔

可是它又飞走了

那位置的深度业已遗忘

如若遗忘比隐藏更为准确

路标成了这里鲜有的生活

方向的指引

由一位年轻的法国诗人带来

他的几篇仅有的存世诗作

承载着橡木船体的舰只

搁浅在此地一个世纪

苦修与寂思从他的口中出走

他悲情的性爱结构也将消失

雪域信仰的高山

一定矗立在某个平原的身后

那平原的前生有着优渥的水草地

现在它一无所有

那平原的前生，天顶有光

现在它一无所有

那平原的未来必将板结塌陷

未来它一无所有

那平原的未来，也许还会有光

有太阳的直线

有月亮的暗色

未来它依然一无所有
可是，它有雪山在某一处
流经的诗篇也为之短暂地吟诵
空气中的养分厌倦了
偕同皱缩的一切陷入沉睡

深夜，被我写进一封信中

驱车，在城市的线条上缓行
北与南更近了
始终被夜空环拥着
我将要去投递一封信函

即将到来的故事
本应由我最早预见
但愿我有先知的觉醒
从天空渐渐褪去的颜色所获取
经由泪水涌出的情绪
滴落出沮丧的形状
生活显现出原始的面孔

深夜使得道路空旷起来
终结之处无法暂停
与路人的神色匆匆交换之后
在他们脊背上

我放置下一枚铁钉
无需捶击，罣耗早已雷同

我说了很多慌乱的辩解
时间都已无法佐证
对于潮湿的时节，那自由
我仍然保持沉默的信仰
而深夜，被我写进一封信中

十孔口琴的尾音

大地沉闷单调的气息
倚靠着芭蕉巨大的叶扇陷入酣睡
墙壁异常陌生
悬起光线细长的绫幔
海水翻腾起一颗珍珠
天顶下平直地扩散迅猛坠跌
在丘陵地带的南部散入水中
寒风被密闭的卡车运至城市里
交付于一座白山的倒影

轻一些，再轻一些
勿要用前奏
勿要用断意的技法

慢一些，再慢一些
车轮已缓缓转动
我将被载去远方

沉默如同弱音的间隔
为每一个眨眼的瞬间停留
空荡的心中生出一支花火
迫切需要擎举
照亮暗房界限分明的一半

一半是火焰喷射的狼藉
一半是沉重的睡眠
一半是明亮的黑色茶具
持续着浓烈的温度
一半是燥热的体感
厌倦着转身

失眠在你的梦外跳伞
安全挂绳呢？
噢，不
安全挂绳被剪掉了
——跳吧
一跃成为爬升
——跳吧
身下摆动起涡轮

时光的苔原在清晨前继续泛绿

它比阳光更急切渴望涂满世界的新奇
阳光金色而伟大的怜悯
投射在我手上
她让我再多给一些拥抱
感动即将分别的黎明

午夜，我又回到我的雪野

爱，以一种游散的文字
开合着黑褐色结构
皮肤新郁青绿
身形精巧，可以柔缓地抚顺时间

我想接近她
可我，更想独自坐在雪地里
请莫要驱赶
也无需邀请
使我进驻热烈的避难所

我不会以体温消融
这园中遗散的景致
更不会留下落座的痕迹

平凡的人们
请安心地保持睡眠

我只是你们的故事中
于夜间丢失的
一句温暖的祝愿

被孤单抚摸过的青草的呼吸
我绝不带走
鞋履边缘经历过的消沉
亦绝不会挽留

我不愿
再听到纷杂的响动
只愿简简单单
独自过活

午夜，生出了迷人的希望
浓重的雾色将之环环围裹
连同余霭
连同我

在水田中，我怀念着

云身与雁翅的投射
在我的水田里漫游
恍影中
田螺在漫步
在淤泥与淤泥之间
平静的水底

我的水田
同样投射在阳光避回的
我的眼中
谁在漫散游离
从每一片细小的微梦
那微梦
曾遗落于桥下的汀步上

我听见
藤蔓移动沙丘的声音

嫩滑的触手
由我足下耸出
沙土里密闭的杂乱
终于停止了营建
我取下杂色的驼毛围巾
系在杉树坚贞的踝部

雨季错过了陌生的故事
在我的水田上撞碎了自己
无法自辩或与之交谈
只那么几个短短的夜晚
萤火便照出了
她芬芳的形状

暴行！给我们最凶残的手段

所有诉诸暴力的极致情绪

都是失智行径的不二说辞

而行恶与报复相消相抵

你同仇恨结伴

便迈进溺亡之池

你循入定念的规律

便分散情欲快意

你无视伤痛的棱角

形成的一切秩序

规则便如同盈月

照满你的身体

你会漠视一个人的占领吗

漠视过往曾起的风雪

漠视过往历尽的欢欣

漠视如尖刺于你，觊觎仇恨

哀默，成为私有的权利
复仇是唯一的罪责，暴行
是我们留给自己最凶残的手段

瓦解的壁垒

在心中，我又一次扼死一只风筝
尸体抛掷在远海的孤岛上
并不是她执意飞往
我以同样的态度
同样的情绪作出决定
我以不同的方式
杀死风筝的形体
她哀泣，她沉默，她毫无辩驳
她接受死亡的一切姿态
甘愿沉在一片水漫之中
我的仇恨仍在填海
再近一些
那孤岛清晰得似一座坟茔

我成为自己空旷的琴声

你不会想看到泥泞
窗户上覆满尘土
路面是波澜惊起的形状
交谈本应定于午间
隐去耳语的热烈
沉默的灰色拭去思念
思念也不再游动
积沉着聚向眼底
在冬季末尾的枝头
我以直行的坚韧朗读着
朗读一只只空荡的窝巢
那看似丰满的枝丫

你不会想看到我
看到碎裂的波纹散落眼中
穿越荆棘与无奈
冰冷的名字不会再被叫响

道路在截断的位置停止了哽噎
枯萎的叶片也不再倚着风
窒息的土地被我垒摞起来
层叠起伏之间扭捆在一起
我深陷其中
我成为自己空旷的琴声

精神意志于毁灭后重塑

我带领冲击的骑士，从正午的希望开始奔袭

作为旌旗飘动的前奏，我们并没有沉默，那呐喊与呼号替代浮动的名义

是的

我们的屠戮占有着高尚的风向

在所有强劲的风掠过之时，我们为理想颤动

蕴含着意志迁徙的重要情绪，我们依然战胜着劳作与生息的方式

前进的车轮碾轧着胃脘痉挛的形态

文字汇聚的地方沉淀在暴食者的腹中

反刍在经历死亡以后，使得灵魂再次降临

啊！灵魂再次降临到人间，涂绘生活中纷杂的记录方式

我拥有奔腾的马匹，越过高崖

驰入市侩的语言，那些黑灰色如同坟茔，腐臭的土壤尽失生命的奥义

我的马匹也不屑于言语的驳论

交付于自由，交付于剃刀

它以坚实的蹄声引导我们寻迹

群星与殿堂

伟大的人，在何处寻梦？
在平凡的居所
在伟大的居所

伟大的人，在何处站立？
在洞察的窗口
在逃脱的窗口

伟大的人，在何处掏空声音？
在高擎的藤枝上
在枯槁的藤枝上

伟大的人，在何处书写双眼背后的思索？
在阳光嵌入的石壁
在故事风蚀的石壁

伟大的人，在何处储存孤独中自由的细腻？

似沙漏克制的缜密
似时间亡失的肃穆

伟大的人，正坐于自己的辕上
那辕的前部腾在高处
拥有着遗忘般的速度
而疾速注定将与坚毅的双眼联姻
一同落定在星空流畅的求索中

日　记

周遭一切众生的面具汇而成为焦点
尝试用酒精麻痹感官的过程
竟然收效到显著的作用
那一点光亮燃烧成为巨兽
那隐瞒情绪的仲裁
揭示了欲望行为的影响

丑陋是一幅精致的油画
独特的色彩粉饰眼睛
相互利用的人群围坐一团
彼此告知贪婪的无度
嬉笑的面孔互相遮掩

一道久违的家乡美食
释放出贴切的语言
从你敏感的神经上掠取遵从
空旷的释放源于钟情的气味

有人用一束光弹唱
有人替代观众的漠然

围绕着工业革命的美满收获
文艺复兴后的历史遗迹脱离了宿命
一段段精致而残失的经历
作为贫瘠土地的无上故事
讲述出王权低微的脆弱

我没有进入过集中营惨淡的夜晚
我没有饱尝艰辛与剧痛
我没有看到土壤掩埋活着的肢体
——渴求自由地活着的肢体
可是我进入过光的晕眩
在屠戮结束后觉醒的思维里

一处平常而安静的居处
异类人群编织多样的故事
撰写统御者初始的形态
我们参与并暗行其中
我们丧失了讲述母语的能力

不！我不是我们
我不是镇压的指令

我不愿充当先行的棋子
我宁愿我是布道的苦行人
尽管我从未承认我的参与

声音被劫持后统一起来
聒噪的议论纷纷投降
记录生活迫害中细枝末节的笔触
被斩断了腰身
我在海上记录理解与情爱
沉默伴随遗忘相行
我的日记布满虫蛀与霉菌
我记录了
时代也记录了

山　野

容纳与投入我的，是天穹之下
唯一的山野。
作为空旷辽远的承继，
我沉默而来。
脚步前方承载着隆重的爱意，
弥散于清透的视野中，
而最为残忍的，却是那最终
将被取代的遗憾。

我试着聆听，那来自未来的声音，
宣讲如何宽恕，关于如何宽恕罪责。

在记忆中，你被选择

巨石经由行星脱离轨迹的肩膀，
砸碎了我手中的水杯，
在我面前赤裸地破碎了。

那行星偏执的去向，
沉默而坚韧。
缘引于永恒的我的目光，
竟滞留在黑寂之中。

冰冷的碎片是我的手指
抚摸陌生的手臂，
窒息的辛楚是我的手指
摩挲陌生的长发。
但愿我此刻走过的湿地
不再有驳船，可树叶的声音
请不要消隐，请伴随我逃离，
伴随我入梦时轻盈的呼吸，

我依旧会在靠近时，
忘情地深嗅巨大的缓慢的升绕的
你的气味，
那始终来自阳光投射的灵魂，
在我的记忆诞生时，早已选择。

悦耳的声响灭寂于夜晚

今夜以后，我将不会再给予声音
悦耳地倾诉
动情地唱说
那些简单的从容的
以后绝不再提

今夜以后，我将不为你作任何啼唱
鸟儿也不会
鸣虫也不会
只留黑蓝色的天
与黎明之前
梦醒后的破碎

今夜以后，我只会祈祷
虔诚地陈述
梦与梦远端的距离
夜与夜同样的存在

我会告慰自己，同样告慰你
以入梦的方式
我听我耳旁嗡嗡作响
那持续又间断地隐现
啊，梦一贯如此
啊，梦默不作声

悄然路过街灯，步行安稳的过客
灯光昭示着那个道不出晚安的人
其实想走几步
多过停留的时间
匆匆地越过城市带来的困倦

听不到睡眠者思忖的情绪
酒醉的痴汉
渴望一饮而尽
听不到醉酒者的哀痛
做梦的人
一床馨甜
听不到破碎的声音
窸窸窣窣
夜晚的棉被燃烧又熄灭
不会安分的孩子
渴望着异动

献给一个女人
用什么车辆载去
跨越金银饰品的点缀
给她一眼幸运的颜色
如同礼拜一爱抚的花卉
任何颜色均为爱慕
献给一个女人
用低沉而透晰的嗓音
颂一首他或他们的诗题
用情的味道
皆让她为之沉迷

今夜以后，我不会再见你
我只会爱
或者爱着
以荒谬的形式
布满你所处的城市

飞行与战争

深海是没有故事的章节
遗失勇气的全部退缩了
船只在摇摆
舟舱被覆盖
一支桨漂荡在这里
另一支在大洋彼岸

可怕的残肢触摸着滚烫的兵器
灼伤战友的匣枪融灭一切
目送一具具尸体裹于白衣
分别的安详都是烧焦的气味
唯有沉默面对
唯有不安是沉默的慰藉

这就是海上的波浪
海上的日出与月光
海可以自由地选择

而陆地只能静立
无权追逐，无权调息

这就是飞行的意义
天空的选择与拒绝
选择夜沉，选择星光
而生活的方式阡陌
无非熟悉，无非决离

礼　物

时间不多了
总有一部分会成为礼物
成为昂贵的金饰
成为刻意的陪衬

你在意吗？
因节庆而赋予的意义
你在意吗？
因忽略了存在的价值

不！我不在意
我在意今晚的月色
明亮的窗口
有一对跳舞的人儿
一个在月下
一个在怀里

不！我很在意
我在意永恒的主题
明亮的窗口
有一对跳舞的人儿
一个在诉说
一个在叹息

秋 令

你从密林中借走了一株植物
绕过绿郁的偏好
绕过羞赧的芸红

你敲击石堆的入口
飞莺便在折返途中停留
寻不到栖眠的枝梢
追向你拨开的色彩

一切都如此欣然
聆听着你的笑声
接纳了金色时令的致意
你的舞步旋进环绕的风中
你的裙角轻抚凝结的露水

他们的掌中布满星辰——致医者

在大雪降临群山怀谷的时刻
裸露在山脊的青石便愈加坚韧了
倘若有些声音被击得粉碎
那么，请看看远处
干燥的风在饱满的坚壳外拍打
黑暗的气味凝视着树丫与夜阑
如同海面上绝迹的回响
那期限汹涌
那淬炼的等待挺立

二月被遏制的静谧默成诗章
消沉在圈禁与声讨的浪潮中
轻微的睡梦外遍地尖刺
在泪水淹没的地方
他们的掌中布满星辰
他们，将为黑夜送行

久违了，流经裂谷的夕光

久违了，流经裂谷的夕光

如同往时一般

今次的降临与离散，依旧如此仓急

还未待这片绿草铺开轻歌

柔软的风便已在不安中跳脱

你同那些失眠的星座

一定是许久未见了

你的夜，失掉了沉寂和徘徊

也失掉了我

你同那些失眠的星座

还想再说些什么

说一说，你温暖如常的经过

烦恼与疲惫一直在源头涤荡

有一些你曾经看到

有一些湮没在焦虑的暗处

唯有那些被风雨抚摸过的姓氏

依然激荡在风雨中

给明日

四月就要来了
安静吗？
夜空高高远远
已为明日
安置好一方裸色的婚床
那个人也来了
风尘冷雨
星夜兼程

生活被标注的时刻

系在晨间

时光早已不见真实的样子
夜里的唏声未曾与文字一同生活
这嘈杂的城阙时有迁入时有逃逸
拂扬的风化作天景
化作昏光
化作一棵树
化作陌生也化作归来
我们答复自己时
声音像极了秋日的一片薄雾

系在风夜

将那些跃动的词汇倒入坟穴

尽情地为喜悦而倾倒
为感官放置的渴望之地
为一支纠缠赤足而盲目的藤
为梦魇的预兆
自你窗外随意而来的横风

是的，风有指引迷途追踪的眼睛
如同一段漫长的喘息

系在晴日

晴日呀，我们走上一条属于康乃馨和岩石的歌谣
晴日呀，酒窖里弥漫的尽是忧伤与火

碎裂的盐粒变得火热
那一口一口温柔的词汇落成了我们
落成独立的雕像
而后我们更沉默
为富饶的躯体沉默
为电闪撞击的风暴沉默
为世间漫游的生息
为吻过的感官那血液沸腾的真实

自那儿时起我便匍匐在你的胸前

丰满的爱情里

我的灵魂在你胸前合上双眼

我的心中一颗干瘪的粟子

荡着风帆

等你浸润

潮湿的爱欲唤着我

唤着我欢腾

大地让我成为因你迷醉的植物

沿着梧桐树荫，走过夜间

沿着梧桐树荫，走过夜间
我无法辨识镶嵌水晶的月光
白色倒影的部分，囊括你所有的笑容
那黑色的不语斜靠在桂树上
是你又一次在我心头跌宕

我无法辨识邂逅过群峰的鸟群
群峰之上夏夜曾留宿
而此刻
鸟群已栖息在你的梦间

我无法辨识晨歌有几多种旋律
至少黎明时
云朵赤裸裸地，挂在你的镜子中
为你浮出一片喜悦的湖光

我被这爱的巨像深深吸引

辽阔的拱形蓬起你深色的长发
我为这巨像的支柱倾以雷电
每一道闪光
都来自你的枕畔

即使我这一生将毫无意义

即使我这一生将毫无意义

那最平静的一页

也只会留给桀骜不驯的晚火

这世间，我就这么来了

我看了树，看了众木成林

我看了水

湖有所汇聚

河流有纵横的样子

我看了天空

有云，有风

而夜晚却只是沉默，沉默久了

如我一样

我看了人群，疲惫如星河

沉默在黎明的星河

那沉默终会在炉火中消逝

但我始终看不清迷笼的尘雾

像那片黑白的人间
我清楚地知道，我并不是一道光线
或是回忆的依靠
我只是完整的自己

狂夜总被颠倒

抚顺着灵柩前的马匹
今夜，我为星辰敲钟
很多年了，我不曾仰观夜空
群星漫际，叠垒银河
我愿，我是黑影中的铸魂人
我为愤怒的眼睛显出姿态
我为悬浮的一句辞令掸去尘埃
我为旁白的勇气陈述苦痛的理由
我为捍卫而捍卫
抒一封致命的信笺

暴徒，全都逃散了
诗，浪漫，爱情
在梦幻的意义之下
语言是枯瘪的竹子
不要对整个世界撒谎
苦酒与病痛
是此刻无聊的伤病

当我轻叩你的身体

黄昏时，一场睡梦被邮票带走了
夹杂着浅色纸张叠成的城堡
你心头欢悦的光芒
停在了我轻叩的指尖上

你是夜晚那梦乡中
独自飘荡的一颗种子
悬在我急切的味蕾上

海　马

夜半之后的声音告知我

数年后的海色尽是浮渺

南半球寂寞的沙岸上

驻留的时光曾印证着幻色的冬天

在国中兴风作浪的西部

署名着一束静谧的山火

她真正地读懂过葬礼之后的爱情

在一首绝望的歌谣中

她反复诉诸世人

所有的夜空终将为爱祈愿

所有的关于爱的星座

终会在爱的吟唱中咏叹

所有即将被忘却的情爱

不会贸然进入你我的房间

而孤悬于岛屿之外的爱

永夜之后，不再残缺

悼　词

许多年后，泥土已然腐朽

生命耗尽了我们所有的孤独

惆怅的住所问询我

往昔之时你可曾钟情于谁

于是

我袒露出冰冷的昼夜中，那炽热的星辰

我将要陨落在群岛碧蓝的海雾中

驶离星与星之间落寞的岛屿

我在雾的航行中荡起爱的舟船

逍遥的荫翳就此埋藏了哑声的枯井

而今，轮到了我们宣讲情爱的补偿

我忘却了每一个疼痛的时刻

我忘却了枷锁给予我的完美的煎熬

我忘却了山谷窒闷的回应

我在等你对我精灵的和声

你是我悲悯的恋人

冲破骄傲而骑行的斗士

你是我热血的肩头
悬而未定的炎日
你告诉我，热爱而有决离
你在我冬日的道途中
倾举美酒，与安睡作乐
这一世的欢愉还不够快乐
这一世风波已冻上冰寒
故去的新歌一定会让你我再度重逢
我们即将离去
我们拥着完整的爱

容身之所

为何总是在夜间，一次又一次
压缩睡眠之后，我才厌恶黄昏
难道是我害怕凄凉的惊梦
难道是窗外的秘境会塑造愤怒
而我却无法占领你维护的房所

你的床榻，至今仍无法靠近
你朝圣的花园，至今亦不能涉足
那个庭院在你身体最深入的地方
你像一个祈祷者，畏惧着寒风与冻雨
你不想去关注路灯下的影子那宽阔的长刃
我的誓言排成一行
在你纯洁的山脊上击打着
平原上依旧有常青的乔木在挺拔
每一片欢乐的叶子都会纪念
纪念我们粗鲁的神态
纪念我们独自上路的情爱

冷焰将熄

我与天顶的噪音彻夜对抗
直至耗尽所有睡眠
我吞下侵犯的战栗，却并无愤慨
在行走的路上我竟与自己失衡
而未有一丝察觉
继而以看似智慧的方式
使得所有摧毁呈现出近乎完美的假象

望着面前未知而狭长的甬道
深邃且暗寂
心中翻涌着无限慰藉
我们，还可以如此孤独地存在着
这足以让我短暂地忘记与生的积怨

在所有人深渊般的目光中
我需要同回家的路途做出道别
我需要一楫轻舟，独自远行

悠悠晚钟伴着我温顺而沉默

一场风吹伴我缓缓熄灭

凝视着恐惧致暗之处

一束蓝色的焰火照亮了我的脚步

有些诗行依然醒着

生命在抗争的途中，把所有
鲜活的部分作为牺牲
而剽窃和复制的那些雷同
才是至终都无法觉醒的苦难

与生所探讨的革命论
从未成为议题的根本
漂流在结语论调之中的
是一句又一句抵抗衰亡的安排

暮年之时，生命里所有藏匿的小屋
卷留着愁苦又愁苦的山雨
将一节节浅恨的诗行，诉诸世间
月色时有明亮，却始终照不出斑斑的金色

图书在版编目（CIP）数据

久违了，流经裂谷的夕光 / 吴丹著 .—北京：作家出版社，2022.8
ISBN 978-7-5212-1983-8

I . ①久… Ⅱ . ①吴… Ⅲ . ①诗集－中国－当代 Ⅳ . ① I227

中国版本图书馆 CIP 数据核字（2022）第 138275 号

久违了，流经裂谷的夕光

作　　者：吴　丹
责任编辑：张　平
装帧设计：马　强
封面绘图：乔晟旭
出版发行：作家出版社有限公司
社　　址：北京农展馆南里 10 号　　　　邮　　编：100125
电话传真：86-10-65067186（发行中心及邮购部）
　　　　　86-10-65004079（总编室）
E-mail:zuojia @ zuojia.net.cn
http://www.zuojiachubanshe.com
印　　刷：中煤（北京）印务有限公司
成品尺寸：130×185
字　　数：225 千
印　　张：11.375
版　　次：2022 年 8 月第 1 版
印　　次：2022 年 8 月第 1 次印刷
ISBN 978-7-5212-1983-8
定　　价：79.00 元